BBN
B●BOY NOVELS

たゆまぬ絆

―涼風―

遠野春日
イラスト／円陣闇丸

この物語はフィクションであり、実際の人物・団体・事件等とは、いっさい関係ありません。

CONTENTS

たゆまぬ絆

―涼風―

1

佳人《よしと》が遥《はるか》の勧めで茶道を再び習い始めたのは、三月下旬からだった。

様々な業種の企業を六社持つ多忙な実業家、黒澤《くろさわ》遥と出会い、共に暮らし始めて丸二年を越えて少し経った頃の話である。

きっかけは、佳人が友人である貴史《たかふみ》の自宅に遊びに行った際、盆略点前《ぼんりゃくてまえ》でお薄《うす》を振る舞ってもらったことだ。自分も昔ちょっと嗜《たしな》んでいたと何気なく言ったら、なんと貴史も同じ茶道家と知り合いで、奇遇に驚いた。

このことを遥に話したところ、

「せっかくだから、また習いに行ってはどうだ」

と勧められたのだ。

そんなつもりで話したわけではなかった佳人は戸惑い、恐縮したが、遥は本気のようだった。

「でも、時間が取れるでしょうか……」

「週に一度の習い事に秘書を行かせられないほどうちの会社はブラックじゃない」

佳人の遠慮や杞憂《きゆう》を一蹴し、強い口調で聞いてくる。

「いちおう八ヶ月続けていたんなら、まんざら合わなかったわけじゃないんだろう」

「はい。結構好きでした」

佳人は正直に答えた。

稽古場である茶室に一歩足を踏み入れると、凛《りん》とした空気に身が自然と引き締まり、気持ちが落ち着いた。自分と二つしか違わないのに、どこか達観していて浮き世離れした佇《たたず》まいの先生も、向き合っているだけで心が洗われるようで好きだった。

ただ、引っ掛かることもある。本音を言えば、時間が取れるかどうかなどは二の次で、佳人が本当に気にしているのは過去の経緯のほうだ。

以前佳人がお茶を習っていたのは、香西組《こうざいぐみ》組長の世話になっていたときだ。風流を好む香西は愛人にしていた佳人にも茶道を嗜ませようと、仁賀保《にかほ》流家元の孫で師範の織《しき》に引き合わせてくれた。それから八ヶ月間、遥と出会う直前まで、言い換えれば、佳人が香西を裏切って捨てられるまで、織に手解きを受けていた。

遥も当然これについては承知しているはずだが、それでもなお、以前習っていたときと同じ環境に再び身を置いても遥は平気なのか、無理をしていないか、気がかりだった。香西も同じ場所で、家元から直接手解きを受けているため、稽古に通っていてばったり顔を合わせる可能性も零《ゼロ》ではない。

しかし、遥は少なくとも香西に関しては自分の中ですでに気持ちの整理がきっちりとついているのか、まったく触れようとしなかった。

「これも何かの縁だろう。縁のある人間とはいつもどこかで繋がっているものだ。執行《しぎょう》の知り合いの茶人がたまたまおまえの元先生だった。その話題がこのタイミングで出た。それには意味があるのかもしれないぞ」

このタイミング、と遥が言うのは、長年心に引っ掛かっていた両親の死についての真相を、先月ようやく知ることができ、佳人の中で気持ちの整理がついたことを指しているに違いない。十年以上もの間、詳しい死に様はおろか、どこに葬《ほうむ》られたのかすら知らされずにいたのが、先月突然遥が墓の場所を突き止めてくれ、そこから昔家族ぐるみで付き合いのあった人物と再会、事情を知るきっかけとなった。

両親を追い詰めた男にも会いに行き、彼に対しては正直まだ嫌悪とも憎悪ともつかぬ感情を捨て切れないが、その後さらに事件当時捜査を担当したという刑事の口から語られた事実を知ったことで、いちおうの区切りはつけられた。

確かに遥の言うとおり、何か始めるには今がまさにいい時機かもしれない。

「その先生に一度連絡を取ってみろ」

遥は佳人の表情を見ただけで、佳人が気持ちを動かしたことに気づいたようだ。畳みかけ、背中を押してくれる。

「なんなら執行も誘ってみればいい」

「はい。ありがとうございます」

さっそく佳人は貴史に話してみた。

貴史も習いに行きたがってはいたのだが、やはり今はまだ事務所のほうが人手不足で忙しいらしく、「ちょっと難しいですね」と残念そうにしていた。

「応募はぼちぼちあるんですが、条件が折り合わなかったり、僕との相性を考えたりすると、なかなかこれはという人がいないんですよね。前に一度失敗しているものだから慎重になりすぎなのかもしれないですけど」

年度末のせいか持ち込まれてくる依頼の数も多いようで、本当に大変そうだった。

「でも、事務所がうまくいっているのはなによりですよ。人事に関することは妥協しないほうがいいと思いますし。特に弁護士さんは顧客の信用が第一でしょう。大丈夫、きっとそのうちいい人が見つかりますよ」

佳人はそう言って貴史を励ました。

結局貴史には断られたが、佳人は丸二年ぶりに織に連絡し、またご教授願えますかと伺《うかが》いを立てた。香西に連れられて織と初めて顔を合わせたのが三年前の六月末だった。七月から正式に習いだして、二月までの八ヶ月間指導を受けた。あのときは佳人側の事情で突如、挨拶《あいさつ》の一つもせずに勝手に辞めるという不義理をしてしまった。

果たしてそんな無礼なまねをした佳人を再び受け入れてくれるだろうかと、一抹の不安を覚えつつ電話してみたところ、織は遺恨《いこん》の欠片《かけら》も感じていないかのように歓迎してくれた。平日のほうがよければ、月・水・金の夜は自分が見ているので、都合のいいときにお越しくださいと言う。何曜日と決めなくても、週に一度どこかで稽古を受ければいいというのが、佳人には大変ありがたかった。

三月も残すところ数日となった頃、佳人は久しぶりに中野《なかの》の仁賀保邸の門を潜《くぐ》った。

仁賀保邸も織も記憶にあったのと少しも変わらず、懐かしさが込み上げる。去年、織には一度偶然会って、最寄りの駅まで送ってもらう間五分ほど車に同乗させてもらったことがあったが、そのときは助手席と後部座席という位置関係だった上、佳人には遥が、織にもまた連れがいたため、ほとんど話はしなかった。

あらためて顔を合わせ、正座して「どうぞよろしくお願いします」と、頭を深々と下げる。

「また始めるお気持ちになっていただいて嬉しいです」

織の口から出た言葉は謙虚《けんきょ》で温かみがあり、二年のブランクをたちまち埋めた上、佳人の気持ちを楽にしてくれた。

もうところどころ忘れてしまったと思っていたお点前の手順や所作も、稽古《けいこ》に入っていざやってみると記憶が徐々に甦《よみがえ》ってきて、ああそうだったと膝を打つ場面が多々あった。

「先月入門されたばかりにしてはずいぶん慣れておられるようですが、前にもどちらかで習っておいでだったんですか？」

そう佳人に話しかけてきたのは、同じく生徒として稽古に来ている朔田秀則《さくたひでのり》という男だ。

四月に入ってすぐ、二度目に顔を合わせたときだった。稽古後、仁賀保邸から駅まで歩く道すがら一緒になった。

「ああ、はい。実は二年前いったん辞めていたのですが、また通わせていただくことになりまして。辞める前も八ヶ月程度しか習っていなかったので、初心者同然なのですが」

「僕はちょうど一年経ったところです。えっと……久保《くぼ》さん、でしたよね？　すいません、突然声をかけてしまって」

「いえ、どうせ同じ方向に行くんですから」

ちょうどこの時間帯はバスの待ち時間が長く、徒歩だと二十分かかる道のりを、佳人は朔田と話しながら歩いた。

稽古の最中は無駄話ができるような雰囲気ではないため、生徒同士顔は知っていても個人的に話したことはないというケースがほとんどだ。馴染《なじ》んでくれば稽古のあとで食事やお茶などに誘い合って親しくなることもあるだろうが、佳人は今のところそういった付き合いまではしておらず、こうして話をするのは朔田が最初だった。

五分刈《ごぶが》りにした頭に、小柄だががっちりとした体型、腕力を使う仕事でもしているような太い腕、いかにも頑固者らしい無愛想な顔つきと、見た感じは少々取っつきにくそうな印象の朔田だが、自分から丁寧な言葉遣いで話しかけてきたところからして、別段人付き合いが全然だめというわけではないようだ。四角四面で無骨《ぶこつ》な性格がしゃちほこばった態度や訥々《とつとつ》とした喋《しゃべ》り方に表れていて、ちょっと窮屈《きゅうくつ》なところはあったが、佳人は朔田に苦手意識までは抱かなかった。

「そうですか、久保さんは秘書をされてるんですか。イメージどおりですね」

「どんなイメージを持たれていたのか、気になります」

冗談めかして聞いた佳人に、朔田はあくまでも真面目に答える。

「脇にファイルを抱えてピンと背筋を伸ばしているところなんかが、すぐ頭に浮かびますよ。きちっとした仕立てのスーツがお似合いだと、お見かけするたびに思っていました。営業とか企画とかを担当している人になら何人か会ったことがあるんですけど、そういう方々とはタイプが違うなと前から感じてました」

「あ、そうか、おれいつも会社帰りなんでスーツですよね」

朔田のほうはポロシャツにスラックスという、いたって普通の出《い》で立ちだ。毎週水曜日が休みなのか、それとも自営などでスーツを着なくてもいい仕事に就いているのか、見た目では判断がつかなかった。

「朔田さんのご職業は?」

「自由業、ですかね。創作系の仕事をしています」

それだけではちょっとわからなかったが、初めて話をする相手の個人的なことをあまりしつこく聞くのも失礼かと思い、「そうなんですか」と相槌《あいづち》を打つにとどめた。

「着物がね、苦手というか、持ってないんですよ。若先生のほうの教室は、生徒さんも比較的若い人が多くて、たいていの方が久保さんみたいに勤め帰りに洋服で気軽に来られていると聞いたもので、始めてみることにしたんです。久保さんは着物、着ることがありますか？」

「家ではたまに。風呂上がりに浴衣《ゆかた》とか、夏場は多いですね」

「ほう、それは珍しい」

朔田はしげしげと佳人を見て、感心したようになにやら頷《うなず》いた。

「今時風流だ。失礼ですが、おいくつですか？」

「二十九です。来年は三十になります」

「うちの妹と一つしか違わないのかぁ……。いや、久保さんってなんだか年齢不詳っぽいから、おいくつくらいの方だろうって気になっていたんです。この一年通っている間、二十代三十代の男の生徒さんはお見かけしなかったもので」

駅舎が見えてくる頃には、互いに少し打ち解けていた。

また来週会えたらいいですね、の言葉を挨拶に改札を潜ったところで別れる。お互いＪＲ《ジェイアール》だったが乗る電車は違っていた。

六時半からの稽古と後片づけを終えて帰宅すると、だいたい九時前後になる。

遥は茶の間で経済情報誌に目を通しており、佳人が「今帰りました」と挨拶しに行くと、顔も上げずに「ああ」とぶっきらぼうに頷いた。遥の愛想のなさはいつものことで、佳人はこうした態度に慣れている。

手洗いと嗽《うがい》をして二階に上がり、自室で普段着に着替えて再び台所に下りていく。

茶の間にいたはずの遥が台所で鍋を火にかけているのを見て、佳人は「あ」と恐縮した。

「すみません、もしかして遥さんもお夕飯まだだったんですか」

「どうせ温め直して食べるんだ。だったら、おまえの帰りを待って食べたほうが二度手間にならずにすむからな」

「後はおれがやります。遥さんは向こうに座っていてください」

佳人の都合で遥を待たせた上、支度までしてもらっては申し訳なさすぎる。家政婦の松平《まつだいら》が作り置いてくれていた料理を温めて盛りつけるだけとはいえ、遥の手を煩《わずら》わせるのは忍びなかった。

「手伝う気があるなら、飯をよそって、そこにある盛りつけずみの器と一緒に向こうに運べ。あとはもう、このジャガイモと油揚げの味噌汁だけだ」

遥はそっけなく返すと、火を止めて、手際よく茶碗に味噌汁をつぐ。

「いつものとおり茶の間でいいですか」

「ああ」

黒澤家には、十人掛けのテーブルが余裕で置ける広々とした食堂が台所のすぐ傍《そば》にあるのだが、そこは時間のない朝以外めったに使わない。朝はたいていバタバタしているので、元々ゆっくり食事をする雰囲気ではないから場所などどこでもいいという感じだが、夜は二人で食事を楽しみたい気持ちが佳人同様遥にもあるようだ。

茶の間には家具調のコタツが据えてあり、つい先日、布団を片づけてテーブル仕様にしたばかりだ。長方形のテーブルトップは木目調で、熱源も隠れていて、見た目にはローテーブルとしか映らない。そこをいつも食卓代わりにしている。

テーブルについて「いただきます」と手を合わせ、二人で一緒に遅めの夕飯を食べる。

どちらも饒舌《じょうぜつ》とはほど遠いのだが、別行動したときは心持ち会話が多くなる。

「教室で、徐々に知った人が増えてきました」

遥は相槌を打つ代わりに視線だけ佳人に向けてきて、無言のまま続きを促す。

「今日はおれも入れて四人だったんですけど、三人のうちの二人は毎週水曜に習いに来ているみたいで、先々週も見かけた顔ぶれでした。帰りに男の生徒さんと一緒になって、駅まで話しながら歩きました。聞いたら遥さんと同い年だったので、ちょっと親近感が湧きました」

「どんな男だ」

同い年というところに反応したのか、珍しく遥は関心を持ったようだった。

「真面目で几帳面な感じの方ですね。最初は無駄話なんかしそうにない、堅苦しい印象が強くて、個人的に親しくなることはなさそうだなと思っていたんですが、向こうから声をかけられて意外でした」

「それはきっとおまえに興味があったんだろう」

むすっとしたまま遥に言われ、佳人は「え、おれにですか?」と首を傾げた。

「変な意味じゃない」

遥はすかさず言い足して、いっそう渋い顔つきになった。

佳人にはむしろ遥のこのらしくもない動じ方が微笑ましく、胸の内でこっそり嬉しさを噛みしめる。遥もずいぶん豊かに感情を表に出すようになったと思う。出会った頃は、怒っているか不機嫌かという以外の表情はほとんど見せなかった気がするが、共に過ごす時間が長くなり、心も体もひっくるめた結びつきが深まるにつれ、喜びも悲しみも戸惑いも隠さなくなった。

「もちろん、わかってます。おれはそこまで自意識過剰じゃないですから」

少し照れて気まずそうにする遥の顔を見て、佳人は爽《さわ》やかに笑ってみせた。

「朔田さんにしてみれば、おれは数少ない同年輩の男で、だから親近感を持ってくれたみたいです。織先生のところに茶道を習いに来るのは八割方女性だと、前にちらっとお聞きしたことがあります。おれも朔田さん以外の男の生徒さんにはまだお目にかかってないんです」

「男だとか女だとかの問題じゃないんだろうが、まぁ確かに俺の周りにも茶道をやっている男はあまりいないな。俺も柄《がら》じゃない。習おうなんて気には露《つゆ》ほどもならん」

「東原《ひがしはら》さんもそんなことおっしゃっていたらしいですよ」

さもありなんだと思って、佳人は口元を綻《ほころ》ばせつつ言った。

東原は遥と佳人共通の知り合いで、貴史と深い関係にある男だ。東日本最大の広域指定暴力団川口組《かわぐちぐみ》若頭の東原辰雄《たつお》と言えば、裏社会では大物中の大物として知られた存在である。

「するにしてももっと年を取ってからでいい、と」

「辰雄さんはそれもありだろう。だが、俺は生来《せいらい》がさつで、しゃちほこばったことが苦手だから、それもないいな」

年齢を重ねても、おそらく気は変わらないだろうと、遥は肩を竦《すく》める。

佳人は遥のそうした気取りのなさが好きだ。決して己を卑下《ひげ》しているわけではなく、がむしゃらに生きてきたこれまでの自分を、いいところも悪いところもひっくるめて認め、自負している潔《いさぎよ》さ、清々しさにグッとくる。遥のように強くあれたら、いや、ありたいと、常々思っている。

「風呂、沸いているから、先に入れ」

食べ終えた食器類を台所に運んで下げたところで、遥は佳人を追い払おうとした。

「おれも洗い物手伝いますよ」

佳人は先回りしてフックに掛けてあるエプロンを二枚取り、一つを遥に手渡す。

「二人でやったほうが早く片づくでしょう」

遥は仏頂面《ぶっちょうづら》をしたまま、黙ってエプロンの紐に腕を通す。

おれも言うようになったな、と佳人は己の大胆さに苦笑する。

出会ったばかりの頃は遥に言われたことは絶対で、逆らうことはもちろん、意見することも伺いを立てることも許されない雰囲気で、納得できないことがあっても仕方なく従っていた。むろん、すべてが理不尽な命令ではなく、後から遥の気持ちを察して理解できたり腑《ふ》に落ちたりした言動のほうが多かったが、それに気づけないうちは辛さや歯痒さに苦しめられたものだ。

そんな状況から始まった二人の関係が、今では佳人が意見を通して遥を折れさせるときもあるくらい変わってきた。ちょっと生意気だったかなと心配になるときもあるが、概《おおむ》ね遥は鷹揚《おうよう》だ。昔のあの冷たさ、一方的で横暴な態度が嘘のように、譲《ゆず》るところは譲ってくれる。

「うちにも食洗機を入れるか」

「必要ですか？　基本、二人分ですから、食洗機のお世話になるまでもない気がしますけど」

「ならべつにいい」

遥は始終むすっとしていて、突き放したような喋り方をするが、いつものことで、べつに機嫌を損ねているわけではない。

佳人がスポンジで洗い終えた食器を、遥が横ですすぐ。布巾《ふきん》で拭いて、食器棚に片づけるところまで終えるのに、十分もあれば十分だった。

「お風呂、一緒にどうですか。背中流しますよ」

「……ああ」

佳人から誘うと、遥は一瞬戸惑った様子だったが、すぐに気を取り直してそっけなく返事をし、さっさと踵《きびす》を返して廊下に出て行く。

遥の耳朶《じだ》が心持ち赤らんでいたのは、佳人の見間違いではなさそうだ。

いっそ可愛いとさえ感じて、佳人は慌てて崩れかけた表情を引き締めた。そんなふうに思ったことを遥に気づかれでもしたら、意地になって態度を硬化させ、とりつく島がなくなるだろう。遥は佳人の前では突っ張りたがる傾向がある。

男二人で入っても狭苦しさを感じない浴室は、遥がこの家を建てたとき設計に拘《こだわ》った場所の一つだという。湯船に浸かった状態でちょうど外の坪庭に視線が行くよう取り付けられた無双窓《むそうまど》が風流だ。遥も気に入っているらしく、ときどき長湯している。

もうすっかり見慣れた裸だが、遥の背中をタオルや手のひらで優しく擦るたび、佳人は強い情を掻き立てられて、僅《わず》かに体温が上昇する。

張りのある滑らかな皮膚と、弾力に富んだ筋肉、肩胛骨《けんこうこつ》の美しい盛り上がり。見るたび、触るたびに感嘆し、官能を刺激される。

背中だけでなく、すっと伸びた二の腕の逞《たくま》しさにも魅《み》せられる。スーツを着ているときには、ここまでとは想像もつかないほど立派な筋肉に覆われており、力強そうだ。実際、佳人はこの腕に横抱きに抱え上げられたことがある。二十代前半はもっぱら体を使って働いてきた、という言葉を証明するかのごとくだ。

シャワーを出して手首で湯の温度を確かめてから、遥の背中を丁寧に流していく。

「今週末はジムに行くご予定ですよね」

ふと思い出し、確かめる。

「ああ」

遥は心地よさそうに項《うなじ》に手を当てつつ返事をする。

「おまえは執行に誘われているんだろう」

「はい。渋谷《しぶや》のホールにスペイン舞踊を観に行くことになって」

「執行にそんな趣味があったとはな」

「クライアントからチケットをいただいたんだそうです。貴史さんも舞台鑑賞は何年ぶりかというくらい久々だと言ってました」

「たまにはいいんじゃないか。俺は俺で適当にしているから、気兼ねせずゆっくりしてこい」

「はい。ありがとうございます」

熱めに調節したシャワーの水滴が、瑞々《みずみず》しい肌に弾かれ、腰に向かって流れ落ちていく。濡れて首筋に張りつく黒髪が艶っぽい。遥の醸《かも》し出す色気の凄まじさにあてられそうだ。

「外に出て行く機会が多くなると、交友関係が広がるな」

遥は茶道教室で顔見知りになった朔田のことに話を戻したようだった。

もしかすると、妬《や》いてくれているのだろうか。佳人は遥の口調に、この状況を歓迎する響きと、微《かす》かな苛立ちの両方が含まれていた気がして勘繰《かんぐ》った。それはそれで佳人としては嬉しい。遥の独占欲を掻き立てられるなど、身に余る光栄だ。

「それでもし何か不満に感じることがあれば、そのときははっきり言ってください」

何も告げられずに不機嫌になられて、関係がぎくしゃくするのだけは避けたい。以前それでとても辛かったことがある。

「不満？」

遥は心外そうに眉根を寄せ、ジロッと佳人を一瞥《いちべつ》した。

「俺はおまえがどこで何をしてこようと、最後はここに帰ってくると信じている」

遥の言葉には自信に裏打ちされた矜持《きょうじ》がまざまざと感じ取れ、佳人の胸にずしりと響いた。

「はい」

そのとおりです、と返事に力を込める。

「貸せ」

遥は佳人の手からシャワーヘッドを受け取ると、檜《ひのき》の風呂椅子から腰を上げ、代わりに佳人を座らせる。

佳人はおとなしく遥のするに任せ、鏡越しに遥の端麗《たんれい》な顔を見つめて目を細めた。

＊

土曜の午後、渋谷の文化村通り《ぶんかむらどお》りを上がり切ったところにある複合文化施設ビル一階のエントランス付近で、佳人は貴史と落ち合った。

「渋谷には久しぶりに来ました」

「僕もです。渋谷は学生時代から僕の行動範囲外で。今日なんかもうどこを歩いても若い人たちでいっぱいで、場違い感ありまくりでしたよ」

佳人も同じようなことを感じながら来たので、貴史の言葉に大きく頷かされた。

「混雑していて歩道を歩くのも大変で。おれなんか全然慣れてないから」

「お互いもういい歳なんだなと思い知らされますね。あ、すみません、佳人さんはまだ二十代でしたね」

「ギリギリですよ、ギリギリ」

貴史とは二つしか違わないので、自分だけ二十代だと主張するのはかえって気恥ずかしい。日頃はあまり年齢を意識することはないのだが、十代の若者が大勢集まる場所に紛れ込むと、ああいう時代はすでに終わったなとしみじみ思わされる。

佳人には、最も羽を伸ばせたはずの年頃に同年輩の友人と遊ぶ自由がなかったため、渋谷のような街に見られる若者文化とは無縁のまま大人になった。その一方で、貴史はそうしたものとの関わりを自ら避けてきたらしく、今、事情は違えども似た者同士の二人が、こうして一緒に街のパワーに戸惑わされている。なんだか面白い巡り合わせだと感じて、佳人はうっすら微笑む。

「今日はお誘いいただいてありがとうございます」

あらためて礼を言うと、貴史は手に持ったカジュアルタイプの鞄《かばん》を開けて、チケットを一枚、佳人に手渡した。

「こちらこそ、佳人さんに来てもらえて助かりました。他に誘えそうな人はいなかったので、佳人さんにも断られていたら、僕一人では気後れするし、チケット二枚とも無駄にするところでした。クライアントさんのせっかくの好意を無下にせずにすんでよかったです」

「やっぱりこういうの、東原さんとは難しいんですか?」

「佳人さんは、あの人がこういう場所に気易く出入りすると思います?」

反対に貴史から聞かれ、佳人は少し考えて首を横に振る。

「想像、つきませんね」

昨今はどこへ行くにも人目につく形でボディガードたちを侍《はべ》らせているようだし、そもそも、舞台鑑賞になどまったく興味がなさそうだ。遥とゴルフやチェスに興じる姿ならまだしも、狭苦しい劇場のシートに二時間も三時間もじっとおとなしく座っている様は浮かばない。

「僕と東原さんの関係は、たぶん、佳人さんが考えているより、ずっと即物的ですよ。お互いの立場上、外で一緒にできることも限られているし」

自分からさらっとそんなふうに言ってのける貴史の表情は、さばさばしていて小気味《こきみ》いい。半年前にはもっと自虐《じぎゃく》的で辛そうで、佳人までやきもきさせられていたが、このところの貴史は一皮剝《む》けたかのごとく、いっそう強くなった気がする。ああ、迷いが抜けたんだな、すべて納得ずくで東原の傍にいるんだな、ということが伝わってきて揺るぎない。即物的という言葉にも卑下はいっさい感じられず、むしろ惚気《のろけ》られているのではないかと冷やかしたくなるくらい、貴史は自信に満ちていた。

「そろそろ開演時間になりますから、行きましょうか。三階です」

貴史に促され、エスカレータに乗ってホールに向かう。

開演直前になると席は九割方埋まった。圧倒的に女性が多い。ざっと見渡したところ、男女比は三対七程度だろうか。

記憶にある限り劇場に来たのは中学生の時以来だ。母親のお供で一度だけ芝居を観た。日本文学の名作を舞台化した作品だったように思うが、もうよく覚えていない。二幕もので、最後は座り疲れて尻が痛く、じっとしているのが辛かった。

普段、亡き母に思いを馳《は》せたとしても、脳裡《のうり》に浮かんだことのなかった思い出が、劇場に足を踏み入れた途端《とたん》甦り、佳人は懐かしさとせつなさを湧かせた。場の空気感が記憶の扉を開く引き金の役目をしたらしい。すっかり忘れていた思い出を取り戻すことができて、それだけでも来た甲斐《かい》があった。

前知識も何もなく観た舞台だったが、フラメンコを基調にした切れのあるダンスとリズミカルで情熱的な音楽、華やかな色合いの衣装など、退屈する暇もないほど目と耳を奪われ、おおいに愉《たの》しめた。

「すごく興味深かったです。ダンサーの皆さん、かっこよかったですね」

終演後、一つ下のフロアに入っているバールのテラス席で軽い食事をとりながら、しばらく二人で舞台の感想を語り合った。

「スペイン舞踊独特のあの足捌《あしさば》き、すごかった。実は僕、フラメンコは正直あまり好きじゃないというか、ずっと見ていると飽きてくることが多かったんですが、今日のは全然そんなことなくて、嬉しい誤算でした」

「群舞《ぐんぶ》の迫力というか、一体感がおれは好きでした」

舞台鑑賞そのものにも関心が出てきて、機会があればまた別の舞台を観てみたくなった。

「気に入ってもらえてなによりです。これからもまたいろいろお誘いしていいですか」

「もちろんです。おれのほうからもぜひお声がけさせてください」

長い間ヤクザの許で閉鎖的な暮らしを強《し》いられてきたため、佳人は遊びに疎《うと》い。余暇の過ごし方といえば、家で読書をするとか、ちょっと手の込んだ料理を作るとか、せいぜいその程度だ。遥に誘われれば外に出たりもするが、基本的に遥は超のつく仕事人間で、趣味といえば気分転換のドライブくらいのものだ。東原と回る以外のゴルフは全部接待絡みである。そうした環境の中、貴史のように多芸多才な友人は、狭い世界を広げてくれるありがたい存在だった。

キッシュや生ハム、オリーブなどをつまみにグラスワインを一杯だけ飲んだあと、バールを出た。二人ともアルコールはあまり強いほうではなく、そのあたりも似た者同士だ。

「すぐ顔が赤くなるんですよね」

「僕はそれほど顔に出ないんですが、だいたいなんでもグラス一杯で微酔《ほろ》い加減になります」

「一度酔った貴史さん、見たいな」

「今度僕の家で飲みますか。帰れなくなったら泊まっていってもいいですよ」

「じゃあ、遥さんが出張でいないときにでも」

半ば本気、半ば冗談のような会話をしつつフロアを歩いていると、広々とした喫茶ラウンジを挟んだ向かい側にギャラリーが並んでいるのが目についた。

まだ四時を過ぎたばかりという時間だったので、ついでに寄っていきましょうか、とどちらからともなくそんな雰囲気になり、足を向けてみた。

最も大きなスペースでは現代アートを中心とした若手作家の作品展が開かれており、一通り見て回ったものの、佳人には今ひとつピンと来ず、出てきた感想は、

「よくわからないけど、勢いのようなものは感じました……」

という、なんともお粗末《そまつ》なものだった。

「お隣では焼き物の展示をやっているみたいですよ」

貴史もすぐに話題を変えたので、おそらく似たり寄ったりだったのだろう。

抽象的すぎる絵や彫刻のよさは正直まったくわからないが、焼き物は結構好きだ。香西が趣味で買い集めていて、美術的価値のある品々から日用使いの食器や花器などに至るまで、様々な陶

芸品に見たり触れたりしてきた。

入ってみると、数名の陶芸家の作品を集めたグループ展が行われていた。

十五坪程度のスペースに展示台が設《もう》けられ、いわゆる土ものと呼ばれる陶器の作品が展示されている。それぞれの作品の手前に作家名や工房名を記した小さな札が置いてあり、中には値段のついたものもある。値段付きのものは購入することもできるらしい。

はじめは他に誰もいなかったのだが、人がいるとつられて覗《のぞ》いてみる気になるのか、少しして中年のご婦人が一人、遠慮がちな態度で入ってきた。彼女はスペース内を一巡するとすぐに立ち去り、入れ違いに来た二人連れの女性客が、暇つぶしのような感じで無関係なお喋りをしながら見て回りだす。

作品には作家の特性がよく出ていて、色の出し方や形の取り方、意図する方向性などの違いがはっきりしていて面白かった。

「佳人さんは料理をされるから、こういう皿とか、好きでしょう」

「ええ。でも、ここに展示されている器はどれも鑑賞用みたいで、おれには縁がなさそうです」

いずれも素晴らしい作品ばかりで目の保養にはなるのだが、実用的なものはほとんどない。どちらかといえば佳人はもっと身近な、普段使いの器に興味があった。

貴史と一緒に壁際に並べて展示された作品群を見ていると、不意にマナーモードにされた携帯電話が振動し始めた。

「すみません、僕の携帯です」

貴史はジャケットの胸ポケットに手を入れてスマートフォンを取ると、「ちょっと失礼します」と佳人に断りを入れ、ギャラリーの外に出た。

貴史を見送った佳人の視線が、ちょうどギャラリーの前を通りかかった男の視線とぶつかる。

「あれ、朔田さん……?」

茶道教室で一緒の朔田だ。

佳人は偶然の出会いに驚いた。

朔田のほうも意外そうに目を瞠《みは》っている。

「久保さんじゃないですか。こんなところで会うとは思わなかったな。今日って確か仕事はお休みでしたよね。もしかして映画か何か観に?」

「友人と舞台を観た帰りなんです」

朔田はふうんと顎《あご》に手をやって頷く。

スーツ姿でない佳人が物珍しかったのか、全身を一瞥してスッと目を細める。単純に新鮮みを感じただけのようで、嫌な感じは受けなかった。

朔田自身は春物のセーターにコットンパンツという、これまでに見たのと大差ない格好だ。仕事柄スーツはめったに着ないし、服装には頓着《とんちゃく》しない質《たち》だと言っていた。そうした飾り気のなさがよかった。

「焼き物に関心があるんですか」

舞台の話題には踏み込んでこずに、朔田は展示スペースを見渡して聞いてくる。

「詳しくないんですが、好きです」

佳人が率直に答えると、朔田はじわっと相好《そうごう》を崩した。あまり感情を面《おもて》に出さないタイプだと思っていたので、ちょっと意外な反応だった。

「それはいいことを聞いた」

朔田は得意な分野について訊《たず》ねられた学生のような嬉々《きき》とした口調で言う。

「僕がここに来たのも、このグループ展を見ておこうと思ったからなんですよ。中の一人が知り合いなもので」

「あの、もしかして……」

「実は僕も同業なんです」

なんとなく頭に浮かんだ考えを最後まで口にするよりも早く、朔田は少し照れくさそうに目を瞬かせつつ言った。

いかにもそんな感じで、違和感はまったくなかった。一般的すぎるイメージだが、工房で黙々と轆轤《ろくろ》を回している姿が容易《たやす》く想像できる。

そうした物作りをしている人に知り合いはいないので、佳人は朔田と向き合ってあらためて新鮮な気持ちになった。いろいろと話を聞きたくなる。元々焼き物自体が好きなので、陶芸家という仕事や工房、作品、すべてに興味を引かれた。

「そうですか、久保さん、こういうのお好きですか。じゃあ、もしよかったら一度うちの工房を見に来ませんか」

朔田のほうも佳人に好感を持ってくれているのか、知り合って間もないにもかかわらず、気易く誘ってくる。見た目や雰囲気からは、もっと頑《かたく》なで人付き合いが得意でなさそうな感じを受けるのだが、いったん打ち解けると心を許しやすくなるタイプらしい。

もちろん佳人に否《いな》はなかった。

「いいんですか。すごく嬉しいですけど、なんだか厚かましすぎはしませんか」

「久保さんがこういったものに関心をお持ちなのは伝わってきますから。単なる興味本位や冷やかし半分の人は、仕事場には入れません」

そう言われるといっそうありがたみが増す。朔田がいつもいつもこんなふうにオープンに、誰彼かまわず工房見学を許しているようには思えない。佳人を気に入ってくれているからこその発言だと受けとれて、恐縮した。まだ茶道教室で二回顔を合わせ、一度駅まで一緒に歩いただけの関係で、朔田が佳人のどこをそんなに好意的に捉えてくれたのかはわからなかったが、好かれて悪い気はしなかった。

「佳人さん」

柱の陰で電話を受けていた貴史が戻ってくる。

貴史は朔田に気がついて会釈《えしゃく》すると、佳人に向き直り、「すみません、ちょっと急用ができてしまいました」と申し訳なさそうな顔で告げた。

「お仕事ですか」

弁護士の貴史には土日も関係なく仕事の連絡が入る。事務所は休みでも、何かあればすぐに携帯に電話がかかってくることを、佳人も承知していた。

「そうなんです。ちょっと事態が急展開した案件がありまして」

「おれのことは気にせず、行ってください。今日は本当にありがとうございました。このお礼は近いうちにあらためて」

「いや、お礼なんて。ご一緒してもらえたおかげで楽しかったです。また連絡します！」

慌ただしく貴史が立ち去ったあと、佳人は朔田に「よかったらお茶でも」と誘われ、ラウンジ喫茶のテーブルについた。

「さっきの話、僕は本気ですよ」

コーヒーに砂糖とミルクを入れてスプーンで掻き混ぜながら、朔田は真面目な顔で言う。

工房を見に来ないかと誘われた件だ。

「ありがとうございます。……じゃあ、本当にご迷惑でなければ、お邪魔させてください」

佳人も遠慮するのはやめて本気で検討することにした。

「迷惑なら誘いませんから。自慢じゃないですけど、社交辞令みたいなのは苦手なんです。ぜひ遊びに来てください。僕のほうはいつでもいいですよ。今月いっぱいは急ぎの仕事もないから、久保さんの都合のいいときで。土日がよければ、急だけど来週あたりどうですか」

ここぞというときには朔田は押しが強く、積極的になるようだ。

「ちょっと待ってくださいね」

佳人はいつも持ち歩いている手帳を出してスケジュールを確かめた。

次の土曜は遥が「用事が入るかもしれないから空けておけ」と言っていた日だ。今のところ何も聞いていないが、ギリギリまでどうなるかわからない。

「来週だと、日曜日ならお伺いできそうなんですが。午後からでもいいですか」

「ええ、もちろん」

朔田は嬉しそうに承知する。話をするうちにどんどん打ち解けてきて親しみやすさが増すのは、駅まで歩いたときと同様だ。せっかく縁あって知り合えたのだから、このまま互いのためになる関係が築けるなら、それに越したことはない。

新しい交友関係ができて、世界が広がるのは佳人にとってプラスになる。

香西の許で籠《かご》の鳥状態に置かれていたときには望んでもできなかっただけに、今後は可能な限り外に出て行きたいと思う。遥もそうするように勧めてくれている。

「ところで、さっきの彼とは、よく一緒に舞台を観るんですか」

思い出したように朔田が聞いてくる。

そういえば、慌ただしく貴史と別れたので、それぞれに相手を紹介する暇もなかった。

「舞台はめったに観ませんが、ときどき会って話をする友人です。次にまたお引き合わせする機会があれば紹介しますね」

「休日はてっきり彼女とデートしているのかと思っていましたよ」

「はは、普通そうですよね」

佳人は屈託なく笑ってさらりと躱《かわ》す。

さすがにここで、恋人は男で同棲しています、と真実を言う勇気はなかったし、その必要も感じなかった。

「もしかして、今、彼女いないの？」

「……彼女、はいないですね」

どう答えるべきか迷ったが、結局、本当のことは言えないが、嘘をついたわけでもない、と己を納得させられる形で返事をした。

「意外だなぁ」

朔田は本心がそのまま口を衝《つ》いて出たかのように呟《つぶや》くと、しげしげと佳人を見据える。

「もてそうなのに」

「そんなことないですよ」

これ以上は気まずくて言葉にできない。いっそ正直に遥のことを話せたらすっきりするのだが、知り合って間もない朔田にそこまで打ち明けるのは躊躇《ためら》われる。まだ佳人は朔田がどういう気質の人間か摑み切れていなかったし、自分一人の問題ではないのだから迂闊《うかつ》に口にすべきではないと慎重になった。

できればこの話題から離れたかった佳人は、

「そういう朔田さんこそ、休日はどんなふうに過ごされてるんですか」

と、朔田に水を向けてみた。

「そもそも僕みたいな職業に就いていると、この日は一日休みにすると決めることがめったにないからね」

無骨な指でカップを持ち上げ、コーヒーを口にしながら、朔田は自分のプライベートは無味乾《むみかん》燥《そう》で話す価値もないと言わんばかりに肩を竦める。

「今日だって朝から三時までは通常どおり仕事をしていた。そういえば知り合いが出品しているグループ展の開催期間が明日までだったと思い出して、ぶらっと出てきただけなんですよ」

「自由業はオンとオフの切り替えが難しそうですね」

いつだったか貴史が、休みの日でもつい仕事のことを考えてしまう、仕事のことが頭から完全に離れているときはないかもしれない、と言っていたことがあった。経営者である遥も似たようなものだ。

「同業者の中には会社員みたいに規則正しく時間を決めて仕事して、日曜日は絶対休むと決めている人もいますけど。僕の周りでは珍しい例ですね」

それはそれで、よほど意志が強く、己を厳しく律することができなければ、難しそうだ。

そういえば朔田の家族はどうしているのだろう。佳人はふと気になった。

「工房はご自宅と同じ敷地内に？」

「家の横に掘っ建て小屋みたいなのを建てて、そこを作業場にしています」

「ご家族とは同居されてるんですか」

「家族は妹だけです。だから気兼ねは無用ですよ」

両親は早くに離婚していて、母親と三人暮らしだったそうなのだが、その母親も一昨年、癌で亡くなったという。

「僕はどっちかっていうと人見知りするほうで、友人と呼べる人もあまりいないんですが、妹は社交的で人と会って話すのが好きみたいです」

「兄妹がいていいですね。子供の頃は羨《うらや》ましかったですよ、きょうだいのいる人たちが」

「昔は喧嘩《けんか》してばかりでしたけど、親が死んで二人だけで暮らすようになってからは、いてくれてよかったとありがたみを感じていますよ」

「妹さんはお茶は習っていらっしゃらないんですか」

話がとりとめもなくなってきていたが、まずは朔田の人となりをいろいろな側面から知っておこうと思い、佳人は思いつくまま問いを重ねた。

「妹は興味ないようですね。僕が茶道を始めた理由の一つは、精神鍛錬《たんれん》になればと思ったことかな。作品制作そのものや人間関係に行き詰まっていた時期があって、打破《だは》するために手当たり次第にいろいろなことをしてみていたんですが、最終的に性《しょう》に合ったのがあそこの茶道教室で」

「茶道は自分の心と向き合うことだと言いますよね」

「陶芸にもそういうところがありますよ」

朔田は真面目な顔をして言った。

きっと相当な努力家で、自分に厳しい人なんだろうと佳人は推察した。

「日曜日、お言葉に甘えてお邪魔しますので、よろしくお願いします」

工房での朔田の仕事ぶりを見られるのが楽しみだ。

佳人の言葉に朔田は心から歓迎している様子で深く頷いた。

*

年度が変わったばかりの四月は通常業務に加えてやるべきことが多く、一週間はあっというまに過ぎていく。

つい先日、貴史とスペイン舞踏公演を鑑賞したと思っていたが、気がつけばもう次の週末が来ていて、時間の経つ早さに唖然《あぜん》とするほどだ。

「スーツを一着用意して、一泊用の荷物をスーツケースに詰めろ」

昼にパスタを作って食べたあと、いったん書斎に引っ込んでいた遥が台所に顔を出し、鍋類を洗っていた佳人にいきなり指示する。

「これからどこかへお出掛けですか？」

唐突すぎて咄嗟《とっさ》に意味が摑めず、佳人は首を傾げて問い返す。

「俺だけじゃない、おまえもだ。今日は予定が入るかもしれないから空けておけと言っておいたはずだ」

「え、ええ。空けてありますよ」

だが、スーツというのが腑に落ちない。

「たまには気分を変えて外食するのもいいだろう。せっかくだから、その後ホテルに泊まって帰るのもな」

そういうことか、と佳人は己の察しの悪さにじわりと耳朶を火照《ほて》らせる。

特に何かのお祝いというわけではなく、遥はときどき思い立ったように普段しないことを考えついて、佳人に嬉しいサプライズを与えてくれる。

不器用だ、恋愛は苦手だ、と本人は言うが、ここぞという場面で相手を喜ばせる術《すべ》をちゃんと心得ているると佳人は思う。おそらく意識せずに素でやっているのだろうが、だからなおのこと心を鷲摑《わしづか》みにされる。佳人は出会ってからずっと遥に魅せられ、心も体も掻き乱されっぱなしだ。

三時頃家を出て、遥の運転するポルシェ・ボクスターで汐留《しおどめ》のホテルにチェックインした。

こうしたラグジュアリーホテルに泊まるのは久しぶりだ。遥はたまになんの躊躇いもなくラブホテルを利用するが、そんなとき求めているのは即物的な欲求の解消で、いちいち雰囲気に頓着しないあっけらかんとしたところがある。ゾクゾクするほどの色香を纏《まと》った男前で、隠そうにも隠し切れない品のよさが全身から滲《にじ》み出ているのだが、本人にはそんな自覚はさらさらないようだ。むしろ、わざとのようにがさつに振る舞い、露悪的《ろあくてき》な言動さえする。

今回遥が予約していたホテルは、外資系の有名なホテルチェーンの一つで、エントランスに一歩足を踏み入れたときから高級ホテルにつきものの慇懃《いんぎん》な威圧感を佳人などは感じるのだが、遥は気負いもなければ気後れしたふうもなく、場慣れしたものだ。

五十平米近くありそうな広々としたツインルームが今夜二人で過ごす場所だった。

ベルスタッフが荷物を置いて引き下がると、馴染みのない豪奢《ごうしゃ》な部屋に遥と二人きりになって、なんとも面映《おもは》ゆくなる。二人でいるのはいつものことなのに、シチュエーションが変わると途端に雰囲気も変わり、今さらだろうと自分でもおかしく思いつつ、ぎくしゃくとしてしまう。

とりあえず荷物を解いて、ガーメントケースに入れてきたスーツをクローゼットに掛ける。

それ以外の着替えや日用品も適所に片づけた。

「晩飯はここのメインダイニングに六時から予約を入れている。それまで俺はプールで一泳ぎするが、おまえはどうする？」

「おれも行きます。水着、せっかく持ってきましたし」

遥に「荷物の中に入れておけ」と言われて、慌てて引き出しの奥から探してきた。

毎朝のジョギング、休日気が向いたときのジム通いと、体を鍛《きた》えることに余念のない遥に引き替え、佳人はほとんど運動しない。こんなことではいい加減体が鈍《なま》ってしまう、と反省してはいるのだが、腰が重くてやる気になれずにいる。遥も一度として佳人を「一緒にやらないか」と誘ったことはない。動かなくても太ることはなく、毎年受けている健康診断でも優良判定をもらうので、当面口を出す気はないらしい。逆に痩《や》せると眉を顰《ひそ》められる。

フィットネスには本格的に泳げる二十五メートルプールのほか、トレーニングマシンやエアロビクススタジオなども設けられており、頼めば目的に合わせたプログラム作りも専門のインストラクターがしてくれるという、至れり尽くせりのサービスが提供されていた。

天井まで高さのある窓ガラスに三方を囲まれた縦長のプールは、さすがに一流ホテル内にある施設らしく、照明やプールサイドの雰囲気に拘り抜いた、スタイリッシュかつアートな空間で、スポーツクラブでひたすら体力作りをするのと同じ感覚にはならなそうだった。

ロッカーで着替えて備え付けのバスローブを羽織り、プールサイドに出ていく。

プールには他に客の姿はなかった。

さっそく静かに水を掻いて泳ぎ始めた遥を、佳人はデッキチェアに座ってしばし眺める。

伸びやかな腕、力強く水を蹴る足、逞しい背筋。運動している遥は躍動感《やくどうかん》に溢《あふ》れ、瑞々しい。

生命力の強さを感じて、見ているだけでこちらの気持ちまで明るくなる。

そのうち佳人も泳ぎたくなってプールに入った。

泳ぐのは久しぶりだったが、案外体が覚えていた。

最初クロールで一往復し、次は平泳ぎに切り替える。

行って戻る途中、遥がプールの縁に腕を預けてこちらを見ていることに気がつき、面映ゆさが込み上げる。とはいえ、ここでやめて足を着くわけにもいかず、そのまま端まで泳ぎ切る。

「ちゃんと泳げるんだな」

遥がからかうような眼差《まなざ》しで言うのに、佳人は心外そうに唇の端を曲げ、苦笑してみせる。

「泳げますよ、いちおう」

相変わらず他に誰も来そうな気配がなかったのをいいことに、プールに浸かったまま顔を寄せ合い、互いの唇を軽く啄《ついば》んだ。

こんなところで、とドキドキした。

もうすっかり慣れてしまったと思っていた遥とのキスが、初めてしたときと同じくらい新鮮に感じられ、唇がジンと痺れてあえかな声が出そうになる。

濡れて頬や額に張りつく髪に遥の長い指が絡み、撫でつける。

「今夜はもっとそういう顔をいろいろ見せろ」

「そういう……？」

「いつもは見せない顔だ」

まだそんな顔があるだろうかと訝《いぶか》りながらも、佳人は小さく頷いた。

ザンッ、と軽く水飛沫《みずしぶき》を上げ、遥が再び泳ぎだす。

佳人は唇に残るキスの余韻に浸りつつ、しなやかかつ強靭《きょうじん》な泳ぎでぐんぐん離れていく遥の背中を見送った。

あの腕が、脚が、夜にはどれだけ淫らに佳人の体を搦《から》め捕《と》り、疲れを知らない容赦のない動きで腰を使うのか想像すると、水の中にいても体温が上がりそうだ。

それ以上不謹慎な妄想を浮かばせないために、佳人もプールの壁を蹴り、遥を追いかけて泳ぎだした。

適度に休憩を挟んで一時間ほど泳いだあと、スパでサウナを楽しみ、風呂に入ってから部屋に引き揚げた。

遥は反則だろうと言いたくなるくらいスーツが似合う。

特に今回は普段ビジネスで着用するのとは違う、デザインに若干の遊びを持たせたイタリア製のスーツを選んでいて、目が釘付けになるほど素晴らしく見栄《みば》えがした。

「そう見るな」

「あ、すみません……」

遥は照れ隠しとしか思えないぶっきらぼうさで言って佳人を睨《にら》むと、珍しく言い訳する。

「山岡《やまおか》物産の三代目に無理やり作らされたんだ。あそことは今後もうまくやっていかなきゃならないから、仕方なく付き合いで一着作ってやった」

「お似合いですよ。すごく」

佳人は含み笑いしながら、心の底から本気で褒《ほ》めた。

こういうときは素直に「どうだ、似合うか」とでも聞いてくれればいいのに、遥にはそんなセリフは絶対無理なのだ。そして、おそらく佳人も自分が同じ立場だとやっぱり口にできない気がするので、偉そうなことは言えない。

遥は遥で、いつもより少し派手なネクタイを締めた佳人を一瞥して、フイとそっぽを向く。だめだという意味ではなく、本当は何か一言気の利いた言葉をかけたいのだが思いつかないといった感じのようで、それが逸《そ》らした横顔の僅かな戸惑いぶりから察せられた。

まだ佳人のほうが遥よりは率直で雄弁なようだ。

メインダイニングはフロントと同じ階にある。

フランス料理のレストランで、肉と魚両方を選ぶフルコースメニューを、ソムリエが勧めるワインと共に、たっぷりと時間をかけて味わった。

ビジネス以外の目的で男二人の客は珍しいのか、少し離れたテーブルについた三人連れの女性客が、チラチラと視線を向けてくる。

見られていると思うと佳人は幾分緊張してしまうのだが、遥は気づいていないのか、単に無頓着なだけなのか、まるで意識しているふうでない。

いつだったか遥は、自分はついぞもてたことがない、と言っていたが、遥の鈍《にぶ》さに陰で泣いていた人は多かったのではないだろうか。目に浮かぶようで、佳人はつい口元を綻ばせていた。

「なんだ」

遥がさっそく見咎《みとが》めて、不審そうに聞いてくる。

「いえ、なんでもありません。このソース、美味しいなぁと思って」

佳人は咄嗟に料理について感じたままを言って切り抜けた。

こういうところは遥は目端《めはし》が利いて鋭く、油断しているとヒヤッとさせられる。

二人でワインを一本空けた。佳人がもっと飲めたなら白だけでなく赤も付き合えたのだが、グラス二杯ですでに微酔い加減になってきたため、遥は白を空けたあとは赤をグラスで頼んだ。白もほとんど遥が空けたようなものだが、それだけ飲んでも顔色一つ変えないのが佳人には驚嘆《きょうたん》の限りだ。佳人はまだ酒に呑まれて崩れた遥を見たことがない。そうなったらなったで、きっと震いつきたくなるほど色っぽいのではないかと思うのだが、想像だけで我慢するしかなさそうだ。

食後のコーヒーと一緒に出されたプティフールまでいただいて、席を立つ。

すでに九時近かった。ほぼ三時間、食事をするために費《つい》やしており、腕時計に視線を落として目を瞠ってしまった。

客室フロアに上がるエレベータの中でもたまたま二人きりだった。

なんとなく照れくさくて少し距離を置いて立っていると、扉が開いて箱から降りるとき、背後から遥に背中を軽く押され、そのまま自然な仕草で腰に腕が回されてきた。

「き、今日は、大胆ですね」

不意を衝かれてちょっと動揺し、言葉を詰まらせそうになる。

「どうせ誰も見ていない」

確かに廊下はシンと静まり返っており、人気《ひとけ》はなかった。

「おれはべつに見られても平気ですけど」

「大胆だな」

遥はそっけなく切り返すと、まんざらでもなさそうに言い足した。

「俺もだ」

腰を抱く腕にギュッと力が籠《こ》もる。

たったそれだけで佳人は酔いが回ったかのごとく脳髄がクラリとした。

甘い疼《うず》きが体の芯を痺れさせ、官能を刺激する。

部屋に向かう途中、三つ前に通り過ぎた客室のドアが内側から開いて、熟年の夫婦らしき二人連れが言葉を交わしながら出てきたが、遥は慌てた様子もなく、腕も離さなかった。佳人もそのまま前を向いて歩き続けた。

その間佳人の頭にあったのは、早く部屋に帰ってもっと存分に遥に触れたい、触ってもらいたいという、はしたない願望だけだ。

食事に行っている間に室内はターンダウンサービスがされていた。

カバーが外され、真っ白いシーツが露《あらわ》になったベッドが目に飛び込んでくる。ベッドヘッドに並べられていたクッションは別の場所に移されており、代わりに二段重ねにされた枕がそこに置かれ、ベッドサイドにはフットマットが敷いてある。

遥はウォークインクローゼットで早々と上着を脱ぎ、ネクタイを引き抜いて、ワイシャツの袖を留めていたカフリンクスを外す。遥がカフリンクスをしたところを見たのは、会社の同僚の結婚式に出席したとき以来だ。

そうやって着衣を乱し、喉の下あたりや手首をチラリと見せつけられると、佳人はあまりの色気にもうどうしようもなく昂《たかぶ》ってきて、すぐにでも遥が欲しくてたまらなくなった。

自分もスーツを脱いでクローゼットに掛け、素肌の上に備え付けの寝間着を着る。寝間着は膝丈のロングシャツ型のものが用意されていた。

先に寝支度を整えてベッドに横になっていた遥が、洗面所で歯磨きをすませてきた佳人を目で誘う。枕元のシェード付きランプを残して、それ以外の照明は全部消された薄暗い中でも、遥の切れ長の目が持つ威力はおおいに効果を発揮して、佳人の欲情をそそる。

遥はすでに裸だった。無造作に脱ぎ捨てられた寝間着がベッドの傍にある安楽椅子の背に投げ掛けられている。

「そのままでいい」

寝間着のボタンに指をやりかけた佳人を制し、さっさと上がってこいと促す。

ギシッと寝台を揺らしてベッドに膝を乗り上げる。

遥の腕が伸びてきて、寝間着の裾を捲《めく》り、膝骨と太股の感触を愉しむように手のひらで撫で回される。僅かに開いていた足の間にも手を忍び込ませ、内股を揉むように撫で擦る。

そんな戯《たわむ》れのような愛撫にも軽く酔いの回った体は過敏に反応し、佳人にあえかな息をつかせた。

ベッドに上がる前から佳人の中心は硬くなりかけていたのだが、内股をまさぐられ、足の付け根にまで指を這わされるうち、いよいよいきり立ってきた。

下着越しに焦《じ》らすように触られ、ビクンと身を揺らす。

もっとして欲しくて、両足を折り曲げたまま膝の間を広げ、腰を前にずらして遥を誘う。

遥は佳人の下着をずり下ろすと、勃起した性器を摑み、巧みな指使いで竿や陰嚢《いんのう》を擽《くすぐ》り、硬さを確かめるように揉みしだく。

佳人は我慢できずに喘いで身動《みじろ》いだ。

熱く火照りだした体を持て余し、腰まで捲《まく》り上がっていた寝間着の裾から腕を入れ、胸元に手を滑らせる。

ツンと尖って膨《ふく》らんだ乳首が指に触れ、摘《つま》んで慰める。

感じやすい乳首はますます凝《しこ》っていやらしく突き出し、自らの与える刺激にも悦《よろこ》んで快感を全身に拡散する。

股間を弄《いじ》っていた遥が、佳人の裸の腰を荒っぽく引き寄せる。膝のあたりに引っ掛かっていた下着を剝《は》ぎ取られ、足を大きく開かされた。

バランスを崩した佳人はシーツに仰向けに倒れ込み、足の間に身を置いて覆い被《かぶ》さってきた遥を見上げる形になった。

「今夜はだいぶできあがっているみたいじゃないか」

寝間着のボタンを次々に外していきながら、遥がからかう。

「の、飲みすぎたのかも……しれません」

おまけに今夜は雰囲気を盛り上げるような部屋に泊まりに来ていて、いつもと違う感覚が佳人を煽《あお》り、奔放《ほんぽう》にする。

「気分が変わると燃えるものだな」

さらりと言われ、佳人は目元を染めて視線を逸らした。

前を開いて露にした胸板に遥は口をつけた。

肌を吸い上げ、舌を閃《ひらめ》かせ、手や指を使って隅々まで確かめる。

「あ、あ……っ」

乳首を唇で挟んで引っ張り上げられ、舌先で嬲《なぶ》られ、佳人はビクビクと全身を引き攣《つ》らせて喘いだ。指と口とで交互に弄られた乳首は充血して膨らみ、疼痛《とうつう》を覚えるほど硬くなる。そこを軽く歯を立てて噛まれると、ジンとした痺れが頭のてっぺんから爪先まで走り抜け、啜り泣きするような声が出る。腰も猥《みだ》りがわしく揺すってしまう。

遥は徐々に体をずらし、胸から臍《へそ》のあたり、さらには下腹部へと的《まと》を変えていく。

酔いが佳人をいつも以上に開放的な気分にし、欲望のまま貪婪《どんらん》に遥を求めさせる。

尖らせた舌で臍を抉《えぐ》るように舐められていたときから、はしたなくひくつきだした後孔を、早く遥の太く硬いもので貫かれたくてたまらなくなっていて、開いた足の間に手を伸ばす。

両足を曲げて膝を上体に引きつける形で少し倒すと、僅かに尻が持ち上がる。佳人は足を抱え込むように両腕を回し、双丘の奥の窄《すぼ》まりに指をやった。

「もう挿《い》れてほしいのか」

薄く笑って言う遥の吐息が下生えを擽る。熱く湿った息づかいと色香に満ちた声音に佳人は鳥肌が立つほど官能を刺激され、ぶるっと身震いする。

昂揚《こうよう》のあまりか喉が詰まったようになって言葉が出ない。

「そのまま開いていろ」

さらに言われて、今さらながら羞恥を感じながらも欲望に抗《あらが》えず、襞《ひだ》の縁に両手の指を掛け、左右に引っ張った。

秘めやかな場所が口を開き、内側の粘膜に空気が当たる。

遥にそこを見られているかと思うと、恥ずかしさに頭が沸騰《ふっとう》しそうな心地になる。

ぬるりとした感触が襞の中心を襲い、佳人はビクッとおののき、顎を反らせて喘いだ。

弾力のある濡れた舌が秘部をまさぐり、ググと捻《ねじ》り込まれてくる。

「アア……ッ、そんな、遥さんっ」

こうされることは想定の範囲内だったにもかかわらず、いざ行為に及ばれると、やはり動揺した。とても平静ではいられず、カアッと頭に血が上り、どうすればいいのかと混乱する。

襞を広げる指は緊張のあまり汗ばみ、覚束なげに震える。

くちゅくちゅと卑猥《ひわい》な水音をさせ、抜き差しされる舌に翻弄《ほんろう》され、何も考えられなくなる。

死んでしまいそうなくらい恥ずかしいのに、体は次にされることに期待して熱くなる一方で、理性が働かない。

たっぷりと唾液を塗《まぶ》した舌で粘膜を擦られ、筒の中を掻き回される。

次第に潤いが増し、柔らかく解れてきた秘部を、厚みのある舌がぬぷぬぷと出入りする。

そのあまりの淫靡《いんび》さに佳人はもうどうなってもかまわない気持ちになり、喘ぎながら哀願した。

「い、挿れて、ください……遥さんの」

秘部を舐め回していた舌を引っ込め、遥はゆっくり身を起こす。

額に乱れかかる髪を荒っぽく手櫛で梳《す》き上げ、艶っぽい眼差しで佳人を流し見る。

「いいのか。まだきつそうだぞ」

「待てません。今すぐ欲しいんです」

少しくらい辛くてもかまわない。

強く求める気持ちが通じたのか、遥はそれ以上言わず、二つ折りになった佳人の両足をシーツに押さえつけ、腰をグッと近づけてきた。

「確かめてみろ」

促され、佳人は遥の股間で猛々《たけだけ》しくそそり立つ陰茎を握り込む。

佳人の手の中でピクピクと脈打つものは、感嘆するほど硬く張り詰め、熱を帯び、嵩《かさ》を増している。亀頭の先の隘路《あいろ》からはうっすらと先走りが滲み出しており、遥もまたいかに昂っているのか一目瞭然《いちもくりょうぜん》だ。

括《くび》れのあたりから濡れた小穴までの間を親指で撫で擦ると、ぬるつく淫液がさらに溢れてきた。それを先端に塗り広げ、少しでも滑りをよくし、佳人は躊躇わずに陰茎を握って後孔に導いた。

位置を合わせ、襞の中心に亀頭をあてがっておいて、自ら腰を突き出す。

ずぷっ、とエラの張った部分が襞を押し開き、佳人の中に挿《はい》ってくる。

舌で唾液を塗され、解されていた秘部は傷つくことなく遥を受け入れ、佳人に痛みより快感を多く味わわせた。

「このまま、いいか」

遥ももう待てなくなったらしく、野性味を帯びた艶が表情に出ていて、ゾクッとくるほど色っぽかった。

はい、と佳人が目で答えると、遥は陰茎をググッと奥まで進めてきた。

「あ、ああっ」

張り詰めた太い熱棒で狭い器官をこじ開け、内壁を擦り立てられて、淫らな声が出る。

遥の一部が佳人の中に深々と入り込み、隙間もないほどみっしりと埋め尽くす。

繋がっているのだ、という確かな感触に、佳人は胸が震えるほど感動し、安心する。何度しても
この感覚は薄れない。

「おい。大丈夫か。やっぱり濡らし方が足りなかっただろう」

遥が佳人の顔を覗き込み、気遣う。

「挿れるときちょっと痛かったけど、ここから先は平気です」

強がりではなく、佳人の体は好きな男を迎え入れて悦んでいる。もっとしっかり遥を喰い締め
ようと中が勝手に収縮し、肉棒に絡みついて引き絞る。

「……っ」

「あ、ごめんなさい……あ、ん、んっ」

佳人のほうも、遥の硬いものが微妙に動くたびに、新たな刺激が生じて悦楽を得る。

どんな些末《さまつ》な快感ですら洩らすことなく拾い集め、感じて恍惚《こうこつ》としてしまう自分の貪婪さが恥
ずかしい。

遥は佳人の顔から視線を逸らさず、ゆっくりと腰を前後左右に揺すりだす。

「あぁあっ、あっ」

緩やかな抽挿《ちゅうそう》とグラインドで体の中を丹念に責めつつ、尖った乳首を両方いっぺんに摘んで容赦なく弄り回され、佳人は嬌声《きょうせい》を上げて仰け反った。

激しい快感に見舞われるたび、顎を大きく反らし、背中がシーツから離れるほど上体を弓形にして身悶《みもだ》える。後孔をじっくりと突いたり擦ったり掻き交ぜられたりするのもたまらないが、なにより佳人は乳首が弱い。特に適度にアルコールが入って感度が上がっているときなど、硬く凝った粒を指の腹でひと撫でされるだけで、体中を電気で打たれたような刺激を受け、じっとしていられなくなる。我ながらあさましいと嫌悪するほかないが、一度仕込まれた体は相手が誰であろうと感じてあられもなく乱れるように作り替えられてしまっている。ましてや、好きな男に触れられては、なおさらだった。

「だめ、遥さん……！　アアッ、だめ、だめ」

「まだそんなに突いてないぞ」

「ああ、う、胸、やめて……っ」

腫《は》れたように膨らんで充血し、赤みを増した乳首を交互に吸って嬲られる。

口を窄めてきつく吸い上げられ、舌先で弾いたり舐めたりして弄《もてあそ》ばれ、挙げ句、噛んで引っ張られる。快感と痛みが一緒くたになった刺激に繰り返し襲われ、佳人は全身をのたうたせて喘ぎ、嗚咽《おえつ》を洩らした。

遥の手は脇や臍、足の付け根には及ぶのに、肝心の性器には触ってこない。

それにもかかわらず佳人の陰茎ははち切れんばかりにいきり立った状態を持続しており、先走りが零《こぼ》れて腹を濡らし、透明な糸を引いている有り様だ。

後孔を貫く遥の雄芯《おしん》は徐々に抽挿の速度を上げていく。

弱みを知り尽くした的確さで突き上げては引き、捲り上がった粘膜を巻き込む激しさで再び奥まで穿《うが》ち直す。

途中から佳人は惑乱したように「お願い」「許して」と泣いて訴えては、遥に唇を塞がれて深いキスで宥《なだ》められることを繰り返した。

遥はいっきに上り詰めて極めようとはせず、キスを交えたり腕や足を緩やかに撫で回したりすることで緩急をつけながら、挿入後時間をかけて佳人とのセックスを堪能する。

もういきたい、と哀願しても「まだだ」とすげなく躱してフッと余裕たっぷりに笑う遥が憎らしい。憎らしいのだが、そういう意地悪な遥は凄絶《せいぜつ》に蠱惑《こわく》的で魅力があり、佳人は抗いようもなく虜《とりこ》にされて黙らされる。

とうとう佳人は我慢し切れなくなって、先走りを零し続ける性器を握り込み、自分の手で扱《しご》きだす。硬く張り詰めた竿を擦り立て、淫液で濡れそぼった亀頭を指の腹で撫で回す。ぬるついた液が手を汚し、淫靡な気分と後ろめたさに拍車をかける。遥に抱かれているのに自慰までしてしまう己の堪え性のなさを嫌悪する。だが、遥はムッとした様子もなく、したいようにして好きなだけ感じて乱れろと言わんばかりに泰然《たいぜん》としている。むしろ、佳人が自分でするところを見たいから、わざとはぐらかして触らなかったようでもある。

前を刺激すると秘部も猥りがわしくひくつき、遥を銜《くわ》え込んだ器官がキュウッと窄まる。中で締めつけられた遥が洩らす吐息が時折切羽《せっぱ》詰まったものになる。

それでも腰の動きは止めることなく、ズッズッと繰り返し抜き差しして後孔を責め立てる。

「あぁ、ん、んっ」

いよいよ絶頂が近づいてきて、佳人は陰茎を弄るのをやめ、濡れた指を遥の汗ばんだ胸板に這わせた。遥の胸の突起も凝って尖り出している。

息を荒げて喘ぎながら、遥の胸を指先でまさぐる。

「アァアッ、もう、もうダメ……ッ、遥さん、イク、イクッ」

いっきに快感が高まり、息もできなくなるほど強烈な悦楽が体の芯に湧き起こる。自分でも何を口走っているのか定かでなかった。

空に突き上げられるような浮遊感に狼狽《うろた》え、「遥さんっ」と叫んで腕を伸ばす。

逞しい背中に両腕を回して縋《すが》りつき、遥の体を引き寄せる。

ほとんど同時に佳人の奥に精を迸《ほとばし》らせた遥が覆い被さってきて、情動に衝かれたかのごとく唇を重ねてくる。

佳人はビクビクと全身をのたうたせて解放の余韻に浸りつつ、激しいキスに夢中で応えた。唾液を載せた舌を絡ませ、吸引し、口腔をまさぐり合う。唇も数え切れないほど何度も啄んだ。キスをしながらも遥は腰を揺すって快感を長引かせ、佳人を悶えさせる。

「だめ、あっ、あぁ……んっ、そんなにしたら、おれ……！」

いったん欲情を静めた遥のものが中で動くたび、秘部から注ぎ込まれた精液が零れ、シーツを汚す。その洩らす感覚も猛烈な辱《はずかし》めとなって佳人を動揺させるのだが、なにより、達したあとの感度の上がった体をやわやわと突かれ、湿った粘膜を緩やかに擦られるのがたまらない。

このまま抜かずに二度目をするつもりなのか、腰を動かされ続けるうちに、徐々に遥のものは硬度を取り戻しだし、佳人の中を再び隙間なく埋め尽くすほど大きくなった。

狭い器官を押し広げられ、存在を主張する。

「お、おおきい……」

佳人はつい口に出して言ってしまってから、はしたなさに赤面した。

「ああ。大きいほうが好きだろう」

このくらい硬いのもな、と遥は色っぽすぎる声で佳人の耳元に唇を寄せて囁き、火がついたように火照ってきた耳朶を噛む。

濡れ方が足りていたとは言い難《がた》かった一度目と、抽挿すると隙間から零れ出てくるほど潤った二度目では、同じ行為をされてもまったく別の感じ方を佳人にさせた。これまで味わったことのない快感が佳人を翻弄し、痴態《ちたい》を晒《さら》させる。

ズンと押し入れられてきた先端が濡れた粘膜の上で滑り、いつもの角度とは微妙にずれた位置を突き上げる。それがときどき脳髄が痺れるほどいい場所に当たり、佳人は身を捩《よじ》って嬌声を上げ、遥の腹の下で乱れた。

感じすぎておかしくなりそうだ。弱みを探り当て、そこを甘く責められるたび、恍惚に襲われる。喘ぎ続けて飲み込み損ねた唾液が唇の端から零れるのも止められず、射精を伴わない達し方を立て続けに二度した。

腰が抜けたように力が入らず、「もうできない」「これ以上は無理」と繰り返し遥に訴えたが、こういうときの遥はとびきり意地が悪く、あっさり聞いてはくれない。

ズルリと後孔から引き抜いた陰茎を、後ろから挿入し直す。

「ひい……っ、あ、あ……！」

体をひっくり返して俯《うつぶ》せにされたかと思ったら、あっというまに再び繋がっていて、抵抗する間もなかった。

「もう少し付き合え。俺はまだ一度しかイッてない」

「う、うっ、あ」

遥は両手をかけて佳人の腰を抱え上げ、高々と差し出す形になった尻を、勢いよく責めだした。突き上げ、引きずり出し、また押し入れる。

顔は横にしてシーツに頬を押しつけ、肩を落として腰だけ掲げた恥ずかしい格好で、遥に後ろから挑まれている——淫らとしか言いようのない姿に羞恥が込み上げ、全身が熱っぽくなっていく。

肌と肌とが打ち合わさる音に交じって、濡れそぼった粘膜が猛った肉棒と擦れ合わさる淫猥《いんわい》な水音が、いつもと雰囲気の違う洋風の豪奢な室内に響く。

佳人はシーツに爪を立て、嬌声を上げてよがった。開きっぱなしの口から、つうっとよだれを垂らしていたが、かまう余裕はない。

一突きされるごとに感じさせられて、間断《かんだん》なく追い上げられる。

頑健《がんけん》な腰を打ちつけられるたびに奥深くまで昂りを穿たれ、眩暈《めまい》と痺れが一度に押し寄せ、頭の中が真っ白になる。

抽挿しながら遥は右手を腰から離して佳人の性器を握り込み、絶妙な愛撫を加えだす。

「やめて、いやっ、いや……っ」

「こんなに勃たせておいて、なにが嫌だ」

「ああっ、だめ、イクッ」

ひとたまりもなかった。

佳人はシーツを引き摑んで叫び、全身を激しく突っ張らせた。

快感のあまりザッと鳥肌が立つ。

遥が二度目を佳人の中で極めたのが、付け根まで入り込んで動きを止め、艶っぽい喘ぎを洩らしたことからわかった。

それを確かめて佳人はゆっくりと全身を弛緩《しかん》させ、ガクッと膝を倒してベッドに突っ伏した。

遥が佳人の体の中から陰茎を引き抜く。

さんざんもう嫌だと泣いていたにもかかわらず、いざ出て行こうとすると未練がましく引き止めようと、後孔がはしたない動きをする。

「まだ夜はこれからだ」

遥は意味深なセリフを吐くと、ぐったりと俯せになったままの佳人の体にブランケットを掛けてくれた。そうして自分は惜しげもなく全裸を晒してベッドを下りる。

しばらくすると、浴室の明かりがつけられ、バスタブに湯を溜め始めた音が聞こえてきた。

「……お風呂、入るんですか？」

「おまえも一緒に来い。なんなら抱きかかえて連れていってやってもいいぞ」

「い、いえ、大丈夫です。ちゃんと一人で行けます」

遥がまんざら冗談でもなさそうにしていたので、佳人は慌てて体を起こした。

まだ腰の奥が痺れていて、疼痛があるが、立って歩けないほどではなさそうだ。

ギシッとスプリングを揺らして遥がベッドの縁に腰を下ろす。

さすがにもう裸ではなく、バスローブを羽織っていた。

ベッドの上に座ってあらためて顔を合わせると、急に気恥ずかしさが込み上げる。

「よ、よかったですか……？」

何か言わなくてはと、訳もなく焦るあまり、とんでもないことを聞いてしまった。言葉にしてから手で口を押さえて俯くというみっともなさを露呈《ろてい》し、ますます動揺した。

遥は至極《しごく》真面目に「ああ」と短く答え、フイとそっぽを向く。

言葉だけ受けとると不機嫌になったようにも思えるのだが、佳人には、遥はとても照れくさいのだ、とすぐに察しがついた。

その証拠に、少し沈黙が続いただけで遥はバツが悪くなったように、いきなり自分のほうから口を開いた。

「どうやら辰雄さんも執行との関係を本気で永続的なものにする腹を決めたようだな」

唐突に東原の話になったが、佳人は戸惑わなかった。

「貴史さんと話していても、なんとなくそれは伝わってきますよ。やっと落ち着くところに落ち着いたのかなって、最初おれは年末あたりにちょっと感じたんですが、それより今のほうがもっとずっと安定していて、揺るぎなくなっている気がします」

「この間会ったとき何か言っていたのか」

「いえ、特には」

あのとき貴史は、自分と東原との関係は即物的だ、というようなことを話していたが、それ以上続けると昼間から艶《なま》めかしい話題になりそうな気がしたので、突っ込んでは聞かなかった。

「結局あの日は、舞台を観たあと軽く食事して、同じ建物内にあるギャラリーを覗いて別れたので、せっかく会えたのにあまり話せなかったんですよね。あ、そうでした。明日おれちょっと午後から人と会う予定があるって言ったでしょう、その方、陶芸家だそうなんですよ」

「茶道教室で知り合った男の話か」

「そうです」

遥は背けていた顔をおもむろに佳人に向け直し、いかにもどうでもよさそうな素振りで聞いてくる。

「確か俺と同じ歳だと言っていたな」

どうやら遥は佳人のこの新しい交友関係にそこそこ関心があるらしい。

家に招待された、と説明したときにも、反対こそされなかったものの、諸手《もろて》を挙げて歓迎しているふうでもなかったなと思い出す。

もしかすると……少しくらい妬いてくれているのだろうか。

たまにそんな感情を遥が見せてくれると、正直、悪い気はしない。かといって、誤解されても困るので、さりげなく話を変えることにした。

「遥さんは再来月、三十四になるんですよね。おれ、その日は何かしてもいいですか」

「何もしなくていい。するな」

たちまち遥は、大きなお世話だとばかりに顔を顰《しか》める。

その顔を見た佳人は、逆に、絶対何かしようと心に決めた。年に一度しかない貴重な日だ。できる限りのことをして一緒に祝いたい。遥もきっとその場になれば、まんざらでもない顔をしてくれそうな気がする。

「そういえば、この間の茶道の帰り、あの方と通りでばったり出会《でくわ》しましたよ」

「あの方？」

遥は今度は思い当たる節がなさそうに眉根を寄せる。

「川口組の組長の息子さん、だと思うんですが。おれは前に一、二度ちらっとお目にかかっているだけなんですが、遥さんは以前、東原さんと一緒にゴルフに行かれたんでしたよね」

「ああ」

遥は前髪を無造作に掻き上げつつ、さして興味なさそうに相槌を打つ。

「織先生とご昵懇《じっこん》のようですね。後から考えてみたら、織先生もおれたちを見送ってくださるとき少しそわそわしていらした気がします」

「面白い組み合わせだな」

遥は織とほとんど面識がないに等しく、別にどうでもよさそうに言って話を切り上げる。

「そろそろ湯が溜まる頃だ」

遥がベッドの端から腰を上げ、来い、と顎をしゃくって佳人に腕を差し伸べてきた。

ちょっと照れくさかったが、佳人は遥の手に摑まってベッドを下りた。

油断すると、中に注ぎ込まれた遥のものが零れ出し、足に伝い落ちてくる。

佳人は後孔を窄め、遥の手を離して急ぎ足でバスルームに行きかけた。

そこをすかさず遥に捕《つか》まえられ、背中から抱きしめられる。

「遥さん？」

「慌てるな。ちゃんと俺が洗ってやる」

またもや色気を全開にして耳元で言われる。

さらっとした調子でとんでもないことを口にされ、淫靡さに佳人は腰が砕けそうになった。

「いや、あの、それは……」

「いいから歩け。歩かないなら抱えるぞ」

有無《うむ》を言わさず遥に背中を押され、佳人はもうこの際、恥は捨てることにした。

こんなふうに強引な遥も嫌いではない。

浴室で遥とさんざんはしたないまねをしたあと、ベッドでまた抱き合った。

遥が佳人の体調に留意して加減してくれていなかったなら、翌日の朔田との約束は果たせたかどうか怪しい。

そのくらい濃密な夜だった。

2

朔田の自宅と工房は多摩市《たまし》にあった。

最寄り駅から車で十分ほどの、なんの変哲もない住宅街のただ中に、庭付きの一戸建てが建っている。近くに教会や公園があるのを、駅まで迎えに来てくれた朔田が運転するライトバンの窓越しに見た。

「工房は裏にあります」

到着してすぐ朔田は佳人を工房に案内してくれた。

自宅と同じ敷地内に後から庭を潰して建てたと思《おぼ》しき工房は、三角屋根に黒い板壁という外観の平屋建てだ。正面に磨りガラスを入れた横開きの扉が四枚並んでいて、明らかに住居とは異なる造りだった。

鍵を使って扉を開けた朔田は、「どうぞ」と佳人を中に促した。

「お邪魔します」

工房は土足のまま上がっていいらしい。

足を踏み入れてみると、まず目についたのが使い込まれた作業台と、椅子、それからたくさんの棚だ。完成品を並べた棚の他に、サンプルとして作ったと思しきピース類や制作途中の作品が置かれた棚、さらには、道具類や材料を仕舞ったコンテナが積み上げられた棚などが作業場の大部分を占拠している。

「手びねり、で作っていらっしゃるんですか」

ザッと見た限り轆轤がないようだったので佳人はなけなしの知識で聞いてみた。

「うん、そう。僕は手びねりだけで制作しているんです」

朔田は目を細めて嬉しげに答える。

自分のテリトリーにいて、これだけは誇れるという自負心があるのか、朔田の表情は生き生きとしている。茶道教室で稽古しているときの無口で取っつきにくそうな感じとも、帰り道やラウンジ喫茶で話したときの印象とも違い、新たな一面を見る心地がした。

「窯《かま》……って、やっぱりここにあるんですよね？」

「もちろんありますよ」

いかにも初心者らしい佳人の質問にも朔田は気を悪くしたふうもなくにこやかに応じる。

窯は作業場の奥にあった。ちょうど大きな柱と、雑多に物が置かれた棚に隠れて見通しがきかない場所で、近づいてみるまでわからなかった。

傍でしっかりと見ても、佳人は「えっ。これが？」と意外さを隠せず、思い描いていたのとはかけ離れた代物《しろもの》だった。

ジュラルミンのような質感の金属製の箱——おおざっぱに表現すればそうなるだろうか。

腰より少し高いくらいの方形の箱で、上部に厚みのあるどっしりとした蓋がついている。側面に持ち上げるための取っ手がついているので、ここが開くんだなとわかった。蓋の上部にはなにやら円筒形の突出物が二つあるが、それがなんなのかは、佳人には想像もつかない。

「電気窯ですよ」

「電気……で、焼くんですか」

「見てのとおり、うちは住宅街の真ん中にアトリエを構えているので、火は使えないんです。昨今は多いんですよ、電気窯」

なるほど、と佳人は納得した。そもそも佳人の頭にあった工房は、もっと人里離れた山奥かどこかで、火を燃やす窯で焼成《しょうせい》する昔ながらのイメージだった。窯には煙突がついていて、そこから煙がたなびいている、そんな図だ。仕事のことになると頑固一徹そうな職人ふうの雰囲気を朔田にも感じており、その印象も影響したのかもしれない。

「窯の中、見てみますか」

「はい、ぜひ」

佳人は興味津々でお願いした。

重たげな蓋が押し上げられると、当たり前だが中は空っぽだった。巨大なアイスボックスとでも表現したらいいだろうか。壁面は非常に分厚く、本体より一回り小さい上蓋の、さらに十数センチ内側に窯がある。本体と上蓋が重なる面には隙間を塞いで密閉するためと思しき幅広の枠が貼られている。この枠の厚みも一センチはあった。

窯の内側、四方の壁には、電磁コイルらしきものが数列、上から下までびっしりと巡らされている。

「この窯では酸化と還元の二工程ができます。焼くとき酸素を入れるか制限するかで、釉《うわぐすり》に影響を与え、仕上がりの色味が変わるんです」

「陶芸って化学の要素がいっぱいありそうですね」

「どこの土を選ぶか、というところから選択肢が枝分かれしていきますから、特に手びねりなんかはまさに唯一無二の一点ものです。僕はそこが好きで細々と手びねりで作品を作っているんですよ」

「朔田さんの作品、ぜひ見せてください」

行程や焼き物の種類の話になると佳人は朔田に申し訳ないほど勉強不足だ。工房見学自体が降って湧いたような急な話だったとはいえ、せっかくなのだからもっとちゃんと下調べしておくべきだった。佳人は遅ればせながら反省した。今まではできあがった作品を見て感嘆するだけだったが、身近に陶芸家の知り合いができたことで、もっと深く勉強したい気持ちが強まってきた。

「この棚に並んでいるのが、僕が焼いた作品群です」

手に取ってもらってかまいません、との許しを得て、佳人は一つ一つじっくりと感触を確かめながら拝見した。

「贅沢《ぜいたく》な話ですけど、普段使いにできそうな……なんて言うのかな、使いやすそうな器ものが多いんですね」

「いや、僕はまさにそのつもりで作っているんですよ！」

朔田の口調がにわかに弾み、感激すらしたように嬉しげになる。

「陶芸を始めたての頃には、師事していた先生の許で、オブジェのような大物や、実用性のない装飾品の類いを結構作っていましたが、自分が本当にやりたいのはそういうものではなく、ちょっと贅沢な日用使いの器だってことに気がついて、独立してからはそればっかりやってます」

普段は落ち着き払って口数もそう多くない朔田が興奮気味に捲し立てる。

佳人はそれに真摯《しんし》に耳を傾け、ああ、いいな、と思った。

何かがストンと佳人の胸に落ちてきた感じがした。

自分が本当にやりたいこと、という言葉に心がざわっとして、唐突に訳のわからない焦りが込み上げる。今の自分に不満があるわけではないが、他にもまだやるべきことがあるような気がして落ち着かない。

こんな心境に陥るのは初めてだ。香西の許にいたときも、遥と一緒に暮らし始めてからも、こうした類いの迷いは持ったことがなかった。

与えられた環境に馴染み、そこで精一杯尽くす。それが佳人にできるすべてだったし、疑問を

持たないようにしてきた。そうでなければやってこられなかったからだ。遥とも、今でこそ対等な関係になれたが、身請《みう》けされた当初は絶対服従が鉄則だった。

「久保さん?」

どうかしましたか、と朔田に心配そうに声をかけられて、佳人はハッとして気を取り直した。

カレー皿にちょうどよさそうな、味のあるいびつさを持つ楕円型の深皿を手にしたまま、しばらく微動《びどう》だにせず考え事に耽《ふけ》ってしまっていたようだ。

「あ、あの、これ、素敵ですね」

手に持った皿をあらためてとっくりと見て、佳人は今夜の夕飯はカレーにしたくてたまらなくなっていた。この器に盛りつけられたらどんなに美味しそうに見えるだろう、と想像してしまう。

「買えるものなら買わせていただきたいくらいです」

もちろん本気で言ったのだが、端《はな》から買えるとは思っていなかった。なにしろ、工房に飾られている作家物の作品だ。いくら普段使いに打ってつけとはいえ、そう簡単に売りはしないだろう。

ところが、朔田はなんでもないことのような口調で、

「お売りしますよ」

とあっさり言う。

佳人は一瞬虚《きょ》を衝かれ、えっ、と目を瞠った。

「ここにあるものは、希望があれば売っているんです」

朔田は、どちらかといえば強面《こわもて》の部類に入るであろう顔を綻ばせ、自分の仕事を認めてもらったことに満悦しているような表情をしている。

「デパートみたいなところと契約しているわけじゃないので、それこそ口コミか、たまに参加している合同展に出品したとき僕の名前を知ってくれた人とかに、お分けしているだけですが」

ときどき、昔からの馴染みの小料理屋や料亭からまとまった注文を受けることもあるそうだ。

手びねりでは一度に大量に作ることはできないため、時間がかかっても待つから、という顧客がいくらかついているらしい。

「一人でやっているもので、営業みたいなことまではとても手が回らないんですよ。まぁ、時間があったとしても、性格的にたぶん無理そうですが」

「販路を広げたいというお気持ちはあるんですか」

佳人は思わず聞いていた。よけいなお世話だと一蹴されるかもしれなかったが、それ以上に、もし本当にその気があるのなら自分にも手伝えることがあるのではないかと思ったのだ。その考えが頭を過《よぎ》った以上、朔田の意向を確かめてみずにはいられなかった。

「そりゃあ、ありますよ」

朔田は小鼻を人差し指でひと撫でし、いささかバツが悪そうに目を伏せる。気持ちに行動が伴わない自分自身を腑甲斐《ふがい》なく感じているようだった。

「使っていただく器、がコンセプトですからね。ここの棚に並べているばかりじゃ意味がない。

もっと大勢の人に手にとってもらえたら本望です」

「朔田さんは工房のお仕事以外には何かされているんですか」

そこまで聞くのは立ち入りすぎかと、おそるおそる質問したのだが、朔田はべつに気にしたふうもなくさらっと答える。

「今は週に二回、区がやっている文化講座で陶芸教室の講師をしてます。できれば制作のほうに没頭したいんですが、そうも言っていられませんからね。実は茶道を習いだしたのには、生徒側の気持ちを知りたいからという理由もあったんです。……不器用なんで、講師を引き受けた当初は生徒さんたちとどう関わり合っていけばいいか悩むことが多くて。三ヶ月も経つ頃には茶道そのものが面白くなってきて、今に至るまで続けているんですが」

「もっと多くの人に作品を知ってもらう方法があればいいですね」

そのためにはどうすればいいのか。佳人は早くも頭の中であれこれと思案し始めていた。いい考えが浮かんだら、朔田に伝えて、検討してもらえばいい。とりあえず最初はそのくらいの軽い気持ちだった。

「おれ、これ本当に買わせていただいていいですか」

佳人はすっかり気に入って両手に持ったままだったカレー皿を見下ろして言う。

これを遥にも見せて、意見があれば聞いてみたくもあった。

「似たようなものがもう一つあれば、なお嬉しいんですが」

「まったく同じじゃないけど、似たものはありますよ」

どうやらしばしば顧客に言われるらしく、朔田は慣れた様子で別の棚の最下段に押し込まれていた段ボール箱を引っ張り出すと、中から色目も形もそっくりな皿を探してくれた。比べてみれば微妙に違うのだが、その差分が一つのテーブルに並べたとき、味のある雰囲気を醸し出してくれそうで、佳人はとても気に入った。きっと遥も目を細めるだろう。

作家物の作品ということで値段は多少張るが、一般家庭でも手が届かないほど高価なわけではない。そのあたりの値段のつけ方も佳人には好感が持てた。

「僕の器を買いたいと思うほど気に入ってくれて、大事に使ってくれるお客さんがいたら、それが最も望むところですね。ずっと作り続けたいと思えます」

朔田の言葉を聞いていると、自分の仕事と誠実に向き合っているのが伝わってきて、佳人までやる気を掻き立てられてくる。

最初は運送会社の事故係、そして、今は遥の秘書。どちらもやり甲斐のある仕事だが、それ以外にはまったく考えられないのかと自問したとき、佳人は答えに詰まる。

他にも自分に合った仕事があるのではないか。やりたいと自ら進んで希求するようなことがあるのでは。その思いが心の奥底に潜《ひそ》んでいて、先ほど感じた焦燥《しょうそう》のように、訳もなく佳人を落ち着かない気分にさせる気がした。

まだ具体的にそれが何かは摑めなかったが、佳人の中に新たな可能性を示唆《しさ》したのは確かだ。

この気持ちは忘れずにいようと、とりあえずそれだけ佳人は胸に刻み込んだ。

「今日は僕から誘って来てもらったのに、蓋を開けてみたら、買い物までさせてしまって、なんだか申し訳なかったですね。よかったらこの万能カップ、もらっていってくれませんか。好きなのを二個選んでいいですよ」

朔田の勧めに従って、佳人は取っ手のないカップを二つ選ばせてもらった。コーヒー、紅茶はもちろん、蕎麦《そば》ちょこにも、プリンやアイスクリームなどのデザート入れにもなりそうなもので、ありがたくいただいた。

工房の中はすでにあらかた見せてもらっていた。朔田の作る器はどれもこれも佳人の好みに合っていて、眺めているだけで楽しい。

やはり今のままではもったいないと強く思ってしまう。

そのあたりのことを、もっと自分なりに考え、いい方法がないか検討してみたかった。ずっと遥のような遣《や》り手実業家の仕事ぶりを傍で見ているせいか、ビジネスに関する考え方は佳人も貪欲なのかもしれない。ただ手をこまねいて状況が変わるのを待っているのは、焦れったく思えるのだ。チャンスは自分で作るもの、そう考えている。

「よかったら、自宅のほうでコーヒーでも。豆のいいのをもらったんで、ぜひ飲んでいってください」

見学を終えて工房を出たところで、朔田に誘われた。

「ありがとうございます。じゃあ、ちょっとだけお邪魔します」

佳人は朔田の後に続いて自宅の玄関を潜った。

築二十年は経っていそうな古い造りの家で、中学時代たまに遊びに行っていた友達の家がちょうどこんな感じだったと思い出す。この十数年脳裡を掠めもしなかっただけに、自分でも驚いた。通された八畳ほどの広さの洋間の隣には六畳の和室があり、襖《ふすま》が開け放たれていたため、奥に仏壇が据えられているのが見えた。位牌《いはい》はおそらく朔田の母親のものだろう。

佳人を客間に残してどこかへ行っていた朔田が五分ほどして戻ってきた。

「今、コーヒーを淹《い》れさせているから、もう少し待ってください」

「妹さん、ですか」

朔田は優しい兄らしい顔つきで頷く。無骨な顔にまんざらでもなさそうな表情が浮かんでいるのが見て取れて、自慢の妹なんだな、仲がよさそうだ、と感じた。

ソファに座って朔田から焼き物の種類や特徴などの話を聞いていると、十分ほどしてドアがノックされ、コーヒー茶碗を三つ載せた盆を手に、小柄な女性が入ってきた。

「こんにちは。兄がお世話になっています。妹の夏希《なつき》です」

夏希と自ら名乗った朔田の妹は闊達《かったつ》で明るい印象で、なるほど朔田の言うとおり社交的な性格らしかった。取り立てて美人というわけではないが、性格のよさが全体の雰囲気に表れているようで、感じのいい人だなと佳人は思った。

物怖じせずに真っ直ぐ佳人と視線を合わせ、屈託なく笑う。気取らず自然体な感じで、女性と付き合った経験が希薄な佳人も構えずに接することができそうだった。

三人でコーヒーを飲みながら三十分ほど話した。

OLとして働いているという夏希は、第一印象に違《たが》わず人当たりのいい話しやすい女性で、会話の端々に兄思いのしっかり者らしさが窺《うかが》えた。

「会社ではすっかりお局《つぼね》様扱いですよ。私より先輩の女性社員は、一般事務職にはもういないんです。私もそろそろ辞めて次のステップに行きたいんですけどねぇ」

朗《ほが》らかな口調で言うのでてっきり冗談交じりかと思ったら、料理を作るのが趣味で、将来の目標は小料理屋を開くことだと真面目に語る。そのための勉強もしているし、資金も貯めているという。

「それより僕としては嫁に行ってほしいんですがね」

朔田は困ったような渋面になって、同意を求めるかのごとく佳人を見る。

「いっそ両方いっぺんに叶えられたらいいですね」

佳人が当たり障《さわ》りのない答え方をすると、朔田と夏希の両方から「いや、難しいでしょ、それは」「無理ですよぉ」と否定された。本当に気の合う兄妹だ。見ていて微笑ましい。

「よかったら、また来てください。久保さんの得意メニュー、今度ぜひ教えてくださいね」

帰り際、朔田の車の助手席に乗り込む前に、夏希に言われた。単なる社交辞令でないことは態度に表れていて、佳人も嬉しく受けとめた。

「おれの得意メニューはだいたい酒の肴《さかな》系ですよ」

「いいですねー。私、お酒大好き。兄は下戸《げこ》ですけど」

楽しみにしています、と手を振って見送られる。

「食い気ばかりで色気の欠片もないやつです」

ライトバンを走らせながら朔田が苦笑いしつつ言う。

「素敵な妹さんじゃないですか。ちゃんと将来の目標があって、しっかりされてて」

佳人が率直に褒めると、朔田は「どうかなぁ」と首を傾げつつ、口元に湛《たた》えた笑みは消さない。

ちらっと佳人を横目で流し見て、

「よかったら仲良くしてやってください」

と、妹も含めた三人での付き合いをほのめかす。むろん佳人に異論はなかった。

夏希のことは朗らかで一緒にいて楽しい人だと思う。共通の話題もあって話しやすく、さばさばした性格らしいところがいい。若干《じゃっかん》女性が苦手のきらいがある佳人でも、よけいな気を遣わずにすみ、楽だ。

朔田の作る焼き物を今より多くの人々の手元に届けられたら、という思いは薄れるどころか高まる一方で、今後、朔田といろいろ相談していい方法がないか模索してみたい。妹の夏希と顔を合わせる機会も当然またあるに違いなく、友達付き合いさせてもらうのに不都合はなかった。

来たとき同様、帰りも私鉄の駅まで送ってもらい、JRを乗り継いで遥と同居する家に帰宅したのは午後五時過ぎだった。

門扉《もんぴ》を潜って玄関までのアプローチを歩いていると、シャツにジーンズという出《い》で立ちで庭をぶらぶらと散策していた様子の遥が横合いから姿を現し、佳人の顔を見るなり聞いてきた。

「体、きつくなかったか」

「大丈夫でしたよ」

佳人はにっこり笑って答え、それをただいまの挨拶代わりにした。

遥は案外心配性だ。昨晩ホテルでさんざん抱いて佳人に負担をかけたことを、今日一日ずっと気にしてくれていたらしい。

「今夜はカレーにしませんか。お皿、買わせてもらってきたんです。遥さんにも気に入ってもらえたら嬉しいんですけど」

「どんな皿だ」

佳人と一緒に玄関に向かいつつ、遥は佳人の選んできた品物に興味を示す。

台所で包みを開けてみせると、遥はすっと目を細め、「いいな」と一言ぶっきらぼうに褒めた。

きっと遥も、こうした土のぬくもりを感じさせる、作り主同様無骨で飾り気のない自然な造形と色味に惹《ひ》かれるのではないかと思っていた。案の定でホッとする。決して安くはない買い物だっただけに、万一無言で黙り込まれたらどうしようと、一抹の不安があったのだ。

夕飯は当然のごとくカレーになった。

凝《こ》り性の遥がルーを作り、その間に佳人は材料を切って準備した。

ぐつぐつ煮込んで、八時過ぎに遅めの夕食となる。

買ってきたばかりの器によそったカレーを食べながら、佳人は遥に思い切って言ってみた。

「遥さん。おれ、朔田さんの器をもっと多くの人に広めたいと思うんです」

そのためのプロデュースがしてみたい。

帰宅途中、そして料理をしていた間に胸の内でやりたいことを明確化していた佳人は、迷わず言い切った。

「ああ」

遥からの返事は、まずその無愛想な相槌一つだった。

続けて、遥は佳人の顔をじっと見据え、そっけなく言い添えた。

「やりたいことがあれば、やってみろ。俺は前からそう言っている。資金が必要なら貸してやるし、協力できそうなことがあればしてやろう。ただし、本格的に事業が起ち上がるまでは、俺の秘書業務もちゃんとやれよ」

「はい、もちろんです」

「俺も急に秘書にいなくなられたら困るからな」

最後にぼそっと言われた言葉が佳人は無性に嬉しかった。

遥は遥で秘書としての佳人を認め、必要としてくれている。あらためてそれを知ることができて、胸がジンと震える。

最初はなんでも手探り状態だ。きっと苦労もするだろう。

それでも、できるところまで精一杯やってみようと決意する。

遥が傍にいてくれるのがとても心強い。

きっと遥のことだから、佳人から具体的に頼まない限り、お節介を焼くつもりはないのだろうが、それでよかった。

見守ってくれる人がいるだけで、人はいざというときとても強くなれる。

佳人はそう信じていた。

*

陶芸家、朔田秀則の作った器をより多くの人に知ってもらい、購入しやすくするために販路を開拓する手伝いがしたい。佳人が朔田本人にはっきりと意向を伝えたのは、アトリエを訪問した三日後、水曜日の茶道教室の帰りだった。

駅の傍のコーヒーショップに佳人から誘って話を切り出した。

「えっ、本気ですか」

朔田は目を丸くして驚いていた。

なんとなくそれっぽい遣り取りをしてはいたものの、まさか佳人が実際にやる気になるとは思っていなかったようだ。

「それはまぁ、願ってもない話だし、僕としては誰かやってくれる人がいるなら任せたいと前から考えてはいたけれど……。久保さんは本業のほうが結構忙しいみたいですが、そっちは大丈夫なんですか」

「当面は基本、会社が休みの土日と祝日だけの活動にするつもりです。まだほとんど何も考えついていませんから、これから企画を立てて、リサーチして、方針を固めて、といった感じで進めていくことになると思います」

「展望はあるんですか。つまり、ビジネスとして成り立つかどうかってことですが」

「それは、やってみないとわかりません」

佳人は話を盛らず、正直に伝えた。

「実はおれもこういう一からの起ち上げ作業は初体験なんです。だから、必ずうまくいくとはお約束できないんですが、やってみたいんです。おれは、物を扱う仕事がしたい――あれからずっと考えていて、まずそこは明確になりました。……亡くなった父も、昔、物を仕入れてパッケージングして小売店に卸す会社を経営していたので、少なからずその影響はあるかもしれません」

「お父さんが……そうでしたか」

朔田の顔から戸惑いや警戒が徐々に消え、佳人の話に真剣に耳を傾ける気になってくれたのが察せられた。

知り合って間もない相手から、突然ビジネスの話を持ちかけられたら、誰でも身構え、少なからず相手の真意を疑うだろう。きちんと話を聞いてくれるだけでもありがたかった。それというのも、朔田が佳人を気に入ってくれており、現段階ですでにある程度信頼してくれているからだと思う。その信頼を、佳人は絶対に裏切ってはいけないと自分の胸に刻み込む。

「やってみないとわからない、と率直に言うところが、久保さんの誠実さを物語っていますよね。きっとこういう人なんだろうなと思ったとおりで、嬉しいですよ」

そんなふうに朔田は佳人を評し、ニコッと笑った。

「立ち入った質問ですが、資金のほうはどうされるつもりなんですか？」

「おれ自身である程度用意できるのと、必要があれば融資を受けますので、当面問題ありません。朔田さんにご迷惑をおかけすることはありませんので、その点はご安心ください」

金銭面での負担はかからない、ときっぱり約束したことが朔田の迷いを薄め、背中を押したようだ。佳人の言動に人となりを見て取り、信用して任せてもいいかもしれないと気持ちが傾きだしたのが、安堵《あんど》と明るさを増した表情から感じられた。

「やらせていただけませんか。朔田さん側のリスクは最小限に抑えるビジネスモデルをいくつか考えます。最終的にはそれを聞いて納得していただけたらおれと正式に手を組む、ということにしていただけたら嬉しいです」

「本当に本気なんですね？」

最後に朔田は佳人の目を真っ向から見据えてきて、念を押す。

「はい」

佳人も朔田の目を見返して、決意のほどを示した。

ふっ、と朔田が息をつく。納得し、何かが吹っ切れたような、そんな吐息だった。

「いや……なんだか今までずっと停滞していて半ば諦《あきら》めていたことが、ここにきていっきに動きだした気がして、まだ現実味が薄いんですが。でも、久保さんがそこまで熱心なら、そして、僕の側に大きなリスクがないと保証していただけるのなら、異論はありません」

異論はない。朔田の口から前向きな言葉が出て、佳人は第一関門を突破できそうだという感触を抱き、胸が躍った。

「むしろ、僕からお願いします。久保さん、ぜひやってみてください」

一度意を固めたらあとは突き進むのみという性格なのか、朔田の決断は佳人が思っていた以上に早かった。今日のところは持ち帰らせてくれ、返事は来週会ったときにする、と言ってくれれば御《おん》の字だと考えていたくらいだ。

「ありがとうございます。精一杯やらせてもらいます」

「よろしくお願いします」

頼んだつもりが逆に朔田から頭を下げられて、佳人はいよいよ恐縮した。

朔田の快諾《かいだく》を得られて、さっそく本腰を入れて取り組む基盤ができた。

次の土曜日、佳人は再び朔田のアトリエを訪れ、より具体的な打ち合わせをした。

販売可能な在庫の数の確認、一ヶ月に制作可能な作品点数、現在の販売状況などなど、必要と思われるデータを集めるところから開始する。

ときどき世間話も交えながら朔田や夏希と話をするうち、他にも似たような状況で困っている、もしくは、なんとかしたいと考えている同業者がいることを、佳人は知った。

「皆、僕と同じように個人で工房を持っているんだけど、やっぱり安定した販売ルートを持ってなくて細々とやっているところばかりですよ」

「そういった方々は、おれのやろうとしていることに興味を持ってくださるでしょうか？」

「どうかなぁ」

個人工房の陶芸家は芸術家肌の者が多いから、中には偏屈《へんくつ》な人もいるという。

それでも佳人は屈さず、当たって砕ける覚悟で言った。

「一度、その方たちにも会ってみますよ」

何もしないで諦めるのはもったいない。チャンスの芽はどこに出ているかわからないのだ。たとえ不快な思いをするはめになっても、何もせずに引き下がったとき以上に後悔することはないはずだった。

「たとえば、そういった方々の作品も預からせてもらえるなら、取り扱い点数もぐんと増えて、より顧客のニーズに応えやすくなると思います。きっと皆さん個性豊かな作品を生み出していらっしゃるでしょうから、買うほうも選択の幅が広がってありがたいのではないかと」

「だったら、あらかじめ僕から一本電話を入れておきますよ。そのほうが話がスムーズに運ぶと思います。皆いい大人なんですが、僕以上に人見知りするのもいれば、頑固で初対面だと話を聞こうともしないのもいますから」

「ぜひ、お願いします」

朔田の紹介があれば、相手の対応もだいぶ違うだろう。佳人は朔田の申し出を積極的に受けた。佳人がうまく事業を展開させられるかどうかは、朔田自身にも大きく関わってくる。朔田が協力してくれるのは己のためでもあるのだから、遠慮は無用だった。

さらに続けて朔田は言い出した。

「土日に回るんなら夏希に案内してもらえばいいですよ」

「え、私?」

ちょうど新しいお茶を淹れて戻ってきたところだった夏希が、すかさず反応する。

「いや、それは夏希さんに申し訳ないですよ。せっかくの休日をおれに付き合わされては迷惑でしょうから」

そんな気はさらさらなかった佳人は面倒をかけては悪いと思って慌てたが、夏希はあっさり

「私はいいよ、お兄ちゃん」と承知する。

「車、あったほうが便利です。結構皆さん辺鄙《へんぴ》な場所に工房構えてますから」

夏希は案外押し出しの強いところを見せる。

「それに、地図があってもわかりづらいところもあるので、私が運転しますよ。兄の知り合いの陶芸作家さんとはほぼ全員面識があります。私も器ものが大好きなので、できるだけたくさんの作家さんの作品を見せてもらうようにしているんです。将来小料理屋をやるとき、どんな器でお出しするか考えるのも楽しいですし」

そこまで言われては断るほうがかえって失礼になる気がして、結局夏希にも付き合ってもらうことになった。夏希とは話しやすいし、一緒にいて気疲れしないので、彼女にさえ負担がかからないのであれば、実際ありがたい申し出だった。

「安全運転で頼むぞ、夏希。おまえ、結構飛ばしたがるからな」

「久保さんを乗せるときは慎重に運転するから大丈夫。緊張してアクセルとブレーキ踏み間違えないようにしないとね」

夏希が冗談っぽく言ったのに対して、朔田は真面目そのものだ。

「佳人くんがいい男すぎるからって見惚れるなよ」

親しみを込めてか、佳人を名前で呼んだ上、赤面するようなことを言うので、佳人はどんな顔をすればいいかわからなかった。ずいぶん自分を買ってくれているみたいだと恐縮する一方、期待に応えなければと身の引き締まる思いもする。

朔田の知り合いの若手陶芸家たちは全部で四人いるとのことだった。

善は急げとばかりに、その日のうちに朔田が一人と連絡を取ってくれ、相手も佳人と会ってもいいと承知してくれたそうなので、翌日さっそくその陶芸家の仕事場を訪ねることになった。

日曜の午後、夏希と中野で待ち合わせ、彼女の運転する軽自動車で世田谷《せたがや》に向かう。

「兄は基本人見知りのくせに、いったん親しくなると今度は遠慮がなくなるところがあるので、久保さんも嫌なときは嫌だってはっきり断ってやってくださいね」

「おれは元々そういう性格なので、本当に嫌だったり迷惑だったりするときには、やんわりと引かせていただくので大丈夫ですよ」

決してお人好しではない、と佳人は含み笑いして自己申告する。

夏希は「そんなふうには見えないですけど」と意外そうにしながらも、佳人の返事に安心したようだ。

「最近、兄は私に久保さんの話ばっかりするんですよ。今まで周囲にいなかったタイプみたいでいろいろ気になるらしいです」

「どんな話の種になってるんだろう。冷や汗が出てきそうですよ」

自分のどこが朔田の眼鏡に適《かな》ったのか、佳人には見当もつかない。どこにでもいるごく普通の男だと自認している。取り立てて有能でもなければ、朔田のような特技があるわけでもない。

だが、いいように評価されているのならそれに越したことはなく、わざわざ自ら否定するのもどうかと思い、ありがたく受けとめることにした。

「自分の好きなものだけを作りたいから、誰かの下で働いたり組織に属したりせず、多少生活が苦しくなっても個人事業主として陶芸家を続けている人たちって、よくも悪くも一癖あるので、久保さんがやろうとしていることにすんなり賛同してくれるかどうかわからないですが、うまく納得してもらえたらいいですね」

「納得してもらえるまで粘りますよ。欲しいと思ったものには執着するほうなので」

助手席で、今から訪ねていく陶芸家の作品写真やプロフィールなどを再度確認し、頭に叩き込みつつ返事をすると、夏希は先ほどよりさらに意外がった。

「久保さんが欲しいと思うものってなんだろう。ちょっと想像つかないです。すっごくクールで無欲な感じがするから」

「おれは聖人君子《せいじんくんし》じゃないんで、普通にいろいろありますよ」

中でも一番は、遥だ。何に最も執着しているかと聞かれれば、迷わず遥と答える。

もっとも、これは心の奥深くに仕舞い込んでいる特別な感情なので、めったなことでは吐露《とろ》できないし、する気もなかった。

世田谷の陶芸家は朔田と特に交流のある男性作家だと聞いていた。歳も近く、朔田より二歳年上の三十五だ。陶芸の世界では三十代はまだまだ若手の扱いを受けるらしい。

最初はできるだけ癖の少ない作家に会うほうがいいだろうと朔田が言っていたとおり、西野《にしの》というその陶芸家は思っていたほど変わってはいなかった。作務衣《さむえ》姿に肩までありそうな髪を後ろで一括りにしているところは、茶道家の織に近い佇まいだと思った。人形のように完璧な美貌をしている織とはもちろん顔立ちは異なるが、全体の雰囲気が似ている。性格は穏やかそうで、知的な印象を受け、ときどき眼鏡を人差し指で押し上げる仕草に神経質さを感じる。

あらかじめチェックしてきた写真で作品の特色は捉えていたが、実物を見せてもらうと、その繊細な肌触りと釉薬《ゆうやく》の作る幻想的な色目、計算し尽くされた感のある造形に心を掴まれた。

まだすべてがこれからの手探り状態ではあるが、ぜひ西野の作品も取り扱わせてほしいと礼を尽くして頼むと、西野はしばらく眉根を寄せて思案したのち、佳人に任せると言ってくれた。

「よかったですね」

「夏希さんがついてきてくれたことが功《こう》を奏《そう》したみたいでした。ありがとうございます」

やはり知った人間が同行しているのといないのとでは相手の気の持ちようも変わってくるだろう。佳人は夏希に感謝した。

何かお礼がしたかったので、西野の工房からの帰りに、夏希に希望を聞いてチェーン展開している手頃なステーキハウスに立ち寄り、夕食をごちそうした。

「また次回もお付き合いしますね」

「本当に、なんだか申し訳ないな……」

「私も十分楽しませてもらっていますから。気にしないでください」

「あ、でも、来週はおれちょっと、別の場所に行ってみるつもりなんですよ」

どこですか、と興味津々に聞かれ、隠す理由もなかったので佳人はすんなり軽井沢《かるいざわ》だと教えた。

「以前、社長の出張に同行した際立ち寄ったクラシックホテルのショップコーナーに、作家物のガラス工芸品が展示販売されているのを見たことがあるんです」

「ああ、ときどきそういうのを置いているところ、ありますね」

頭のいい夏希はそれだけ聞いてすぐに佳人の考えていることを察したようだ。

「交渉できそうなところがあれば、してみるといいかもしれませんね。和物が合いそうな旅館とか、探せばありそう」

「とりあえず、前に一度コーナーを見たホテルに行って、どういう経路で作家と契約しているのかを教えてもらえたらなと。そこは無理でも、ほかに交渉できそうな、ちょっとお洒落《しゃれ》で気の利いた、比較的客単価高めの宿泊施設やレストランはあると思うんです」

「それ、私もご一緒したらご迷惑ですか」

べつに迷惑ではなかった。車は自分のを出すつもりでいるが、一人で長時間のドライブはしたことがなく、いささか心許なくもある。一番の心配は眠気だ。その点、誰か隣に乗ってくれていれば最悪運転を代わってもらえるし、喋っていることで睡魔が襲ってくるのを回避できそうだ。

軽井沢のような女性に人気の観光地は、なんとなく自分には場違いな感じがして腰が退けるのだが、夏希がついてきてくれるなら、そんな気持ちも軽減される気もした。

「いいですよ」

少し考えた末に佳人が承知すると、夏希は「楽しみにしています」と声を弾ませ、嬉しがる。

感情表現が豊かで素直な夏希を目の当《ま》たりにするたび、裏表がなさそうでいいなと思う。

これだけ人当たりがよくて、頭の回転も速く、家事全般をこなして料理は調理師免許を持っているほどの腕前だという夏希が、土日は基本的に家にいる、つまり彼氏はいないというのは、なんだか不思議な気がする。

直接本人に聞いたわけではないのだが、朔田によれば、ボーイフレンドはできても、恋人にまで進展することがほとんどないらしい。夏希も、ここ数年来、彼氏より将来の夢を実現させることのほうに夢中で、朔田一人がやきもきしているようだ。母親亡きあと、妹を無事嫁に行かせるのは兄である自分の務めだと、先日会ったときにも言っていた。

なぜそんな話になったのかは覚えていないが、佳人に救いを求めるような眼差しを送って寄越《よこ》した朔田のせつなげな表情は脳裡に浮かぶ。いい人がいれば紹介してほしいという意味だったのではないかと思うのだが、あいにく佳人の周囲にはちょうどいい年齢のフリーの男性はおらず、力になれそうにない。焦らなくてもそのうちきっと夏希に合う相手が出てくるだろう。そう朔田に言うのもなんだかおこがましい気がして、結局気の利いた返事の一つもできずにやり過ごしてしまった。

佳人は夏希の恋人にはなれないが、いい友人にはなれるかもしれない。

今はまだこんな立ち入った話ができるほど付き合いが深くないから遠慮するが、そのうちもっと打ち解け合って気心の知れた関係になれたら、こうした微妙な話もできるようになるかもしれない。

平日は通常通り遥の許で秘書業務をこなし、週に一度は茶道を習いに行く。休日は陶芸家の工房回りや、朔田との意見交換、何か少しでも役に立ちそうな事柄やヒントを求めて思いつく限り動き回るといったことに費やす。そんなふうに慌ただしく過ごす日々を始めてみると、遥とプライベートでゆっくりする暇もない。

「おい、佳人。おまえさん最近ちょくちょく遥をほっぽって、あちこち出歩き回ってるそうじゃねぇか」

夏希と一緒に軽井沢に出掛ける約束をした日、ゴルフをするために朝七時から遥を迎えにきた東原が、佳人と顔を合わせるなりニヤニヤ笑いながら嫌みたっぷりに聞いてくる。遥が携帯電話を忘れたと言って、二階の自室まで取りに戻った直後のことだった。

見送るために門扉の外まで出てきていた佳人は、思いがけない東原からの突っ込みに、動揺してしまう。まさかここでそんな話が出るとは思ってもみなかった。遥から聞いたのか、はたまた佳人の動向にも常に注意を払っているのか、いずれにせよ、東原辰雄に隠しておけることなどないのだと痛感させられる。

「ちょっと、やってみたいことができたんです」

「ほう？」

東原は目を眇《すが》め、佳人の腹の中を探ろうとするかのごとく、鋭い視線を向けてきた。

何もかも見透かされそうな恐ろしさに身が竦み、まともに東原の目を見返すのには相当な意志の強さが必要だった。東原にはずいぶん目をかけてもらい、可愛がられている自覚のある佳人ですら、いざ二人きりで向き合うと鳥肌が立つほど緊迫した雰囲気に気圧《けお》されそうになる。遥にしろ貴史にしろ、よくこんなものすごい存在感と威圧感を醸し出す男と対等に渡り合えるものだ。ほとほと感心する。

「先週末おまえさんが仲良くデートしていた肩くらいまでの髪の女、織のところの教室で茶道を習っている男の妹だそうだな」

またもやギクリとしてしまったが、佳人は下腹に力を入れて気を取り直した。

疚《やま》しいことは何もない。

確固たる自負が佳人に胸を張らせ、東原の視線を堂々と受けとめさせた。

「はい。今日もこれから彼女と軽井沢に日帰りで出掛けてきます。遥さんもご存じです」

「フン、またいっそう生意気な面構《つらがま》えになりやがって」

言葉自体は凄みがあって荒々しいが、表情を見れば小気味よさげでむしろ機嫌がよく、佳人は
ニヤリと唇の端を吊り上げた東原に、ホッとした。強張らせていた体からスッと力みが取れ、受

け答えにも余裕が持てた。

「そうやって好きなことができるのも、強い結びつきと互いへの信頼があるからなんだろうな。まったく、おまえさんたちが羨ましいよ」

「貴史さんの話を聞いていると、おれには東原さんたちも同様のご関係だと思えますが」

「さぁ、どうだかな」

東原は相変わらず話が自身のことに及ぶと、いかにも面倒くさそうな、そんなことはどうでもいいと言わんばかりの態度になる。ことに貴史の話を持ち出されると、照れくさくてたまらないのか、不器用さを露呈してそれまで以上に突《つ》っ慳貪《けんどん》になる。

好きな相手の前ではカリスマと称されるほどの極道もただの男だ。そんなふうに感じさせてくれる東原が佳人は好きだ。

そこに遥が急ぎ足で戻ってきた。

「すみません、辰雄さん。お待たせしました」

「そんなに急ぐこたぁない。時間はまだたっぷりある」

東原は遥に向き直り、鷹揚に言うと、遥が着ているブレザーの襟に手を伸ばす。

「いい色だな。生地も上等だ」

指の腹で手触りを確かめ、目を細めて褒めたあと、ついでのようにボタンダウンシャツの胸元にも触れていく。

端で見ていて、佳人でさえ、この二人……と怪しみたくなる雰囲気で、いっそ自分も予定を変えてゴルフ場に同行したい衝動に駆られる。

絶対にわざとだ、と東原の人の悪さを恨めしく思いつつ、佳人は意地と理性を総動員させて白いレクサスの後部座席に仲良く乗り込む二人を立ったまま見守った。

東原がウィンドーを下げて顔を見せ、佳人にちょっと来いと顎をしゃくる。

佳人は車に近づいて東原の傍に行く。

「やりたいことがあるのはいい。ようやく生まれ持った血が騒ぎだしたんだろう。それは俺も歓迎するが、あんまりそっちにばかり気を取られていると、一番大事なものを俺が横取りするかもしれないぜ」

そんな脅しをかけておいて、愉しくてたまらなそうにフフンと笑う。

「たとえ東原さんが相手でも……それだけはさせません。絶対に」

挑発されているのは百も承知だったが、佳人はあえて乗った。

東原の横に座った遥がチラリとこちらを流し見て、ばかめ、とでも言うように苦笑するのが目に入る。ばかと呆《あき》れられても反論の余地はない。東原は佳人の反応が面白くてからかっているだけなのに、佳人一人が熱くなっている。

「頼もしいな、佳人」

ふと真顔になって東原は今度は本気の口調で言う。

「いいか、覚えておけ。俺はおまえを、いざとなったらこの俺と刺し違えるくらいの覚悟をつけられそうなやつだと見たから、遥をおまえにくれてやったんだ。遥もおまえを欲しがった。この先おまえがどういう立場になるにしろ、遥の手だけは離すな。離したら即行、俺が掻っ攫《さら》う」

貴史に対するのとはまったく別の次元で、東原は遥に惚れている。それは前々から自明《じめい》の理《り》だったので、佳人は東原の言葉を神妙に受けとめた。

「辰雄さん、もうそのくらいで勘弁してくれませんか」

最後まで沈黙を貫くかと思っていた遥が、さすがに無視し切れなくなった様子で口を挟む。

「まぁ、そういうことだ」

東原は佳人に情の籠もった一瞥をくれると、スモークガラスを上げた。

佳人が車から離れると、レクサスは滑るように走りだした。

車が道を曲がって見えなくなるまで見送って家の中に戻る。

東原との遣り取りがまだ頭の中でぐるぐるしていたが、八時には佳人も車を出して、待ち合わせ場所にした駅に向かわなくてはいけない。そこで夏希をピックアップし、軽井沢まで高速道路をドライブだ。

ゴールデンウィーク前半の初日にあたる土曜日は快晴で、ゴルフにもドライブにもうってつけの日和《ひより》だった。予報によるとこのまま天気は夜まで保つという。

少し早めに家を出て荻窪《おぎくぼ》駅で夏希を拾い、練馬《ねりま》インターチェンジに向かう。

おはようございます、と朝から溌剌《はつらつ》とした様子で助手席に乗ってきた夏希は、普段よりお洒落に力を入れたようで、ライラック色の綺麗《きれい》なワンピースにレース編みの白いカーディガン、大ぶりの籠バッグという、爽やかな草原を歩く女性をイメージさせる出で立ちだった。

佳人は女性の扱いに不慣れな上に口べたで、こんなときどう声をかければいいのかわからず、おはようの挨拶を返すだけにとどまった。夏希ならばそれでも特に気にせず流してくれるかと思ったが、やはり軽井沢ドライブは夏希にとって普段とは違う特別なイベントだったらしく、佳人の反応が皆無だったことにがっかりしたのが顔に表れていた。ただの友人同士という関係であっても、やはりここはもっと気を遣うべきだったと反省する。

「兄が佳人さんによろしく、と言ってました」

気を取り直したように夏希がいつもと変わらない明るい声で言う。

言ってから、あっ、と手で口を塞ぐので、何事かと訝しむと、今度はいきなり、

「ごめんなさい」

と謝られた。

それでもまだ佳人はなんのことか気づかず、首を傾げるばかりだった。

「兄がいつも佳人くん、佳人くん、と久保さんのことを呼ぶので、つい私も移ってしまって」

ここでようやく佳人も合点《がてん》がいき、なんだそんなことかとうっすら笑って、気にしていないと夏希に伝えた。

「おれなんか最初から夏希さんって呼ばせてもらってたんですから、おれのことも遠慮なく下の名で呼んでください」

「わ、なんか……あらためて許可していただくと、緊張しますね」

「自然体なのが素敵ですよ、夏希さんは」

べつに気障《きざ》に決めるつもりはなかったが、口に出してしまって、いささか臭かったかと恥ずかしくなった。やはり女性の相手は難しい。高校生の頃、少しだけ付き合った同級生の彼女とは当時どんなふうにしていたのか、今となってはもうちらりとも思い出せない。

上信越《じょうしんえつ》自動車道を碓氷《うすい》軽井沢で下りる。そこからは県道と国道を通って軽井沢駅を目指し、さらにその先にある目的のホテルへと向かう。

東京からおよそ二時間半のドライブだった。

老舗《しにせ》で知られたリゾートホテルのレストランで、あらかじめ予約してきたランチをまず食べた。

夏希はいつもと比べるとお淑《しと》やかで、佳人は勝手が違って少し戸惑った。チェーン展開しているステーキハウスと、ホテル内のフレンチレストランでのランチコースとでは、雰囲気からしてまるっきり異なるので、無理もないかもしれない。

食事のあと、ここに来た目的のショップコーナーを覗きに行った。

「あ、これですね」

夏希が奥の棚に陳列されたガラスのとっくりやぐい呑み、タンブラーなどを注意深く手に取ってじっくり眺めだす。

その間に佳人は店番をしていたホテルスタッフに声をかけ、ここに置いてある作家物の作品について差し支えなければ詳しい話が聞きたいと頼んだ。

少し待たされて、納品を担当しているという男性スタッフが対応しに出てきてくれた。

彼から、取り引きの流れや契約の形態などといった、佳人が知りたかった話を一通り聞くことができた。

残念ながら、このホテルでは今契約している作家のもの以外は当面扱う予定はないとのことだったが、ほかにもこうした形で委託販売を引き受けているホテルや店舗はたくさんありそうだったので、がっかりはしなかった。

徐々に佳人の中でビジネスのヴィジョンが明瞭化しつつある。

実物を手に取って確かめられる場所もあったほうがいいが、それより今のライフスタイルに馴染むのは、やはりインターネットを通じての通信販売だろう。

ネット上に店舗を開き、商品の画像と説明を、いつでも誰でもどこからでも見られるようにしておき、気に入った品があれば二十四時間買い物ができるシステム。多忙な現代人にとって、もはやネット通販は常識になっていると言っても過言ではないはずだ。パソコンを持っていなくても、携帯電話やスマートフォンに対応したシステムを別に用意することもできる。

問題はサイトのデザインだ。

いかに見やすく、センスがよくて、なおかつ誰もが操作しやすいページを作るか。商品の紹介の仕方も当然大切だ。

このあたりのことは、遥に一度相談してみたほうがいいだろう。

遥が経営する会社の一つに、カタログとネット通販事業を行っている『メイフェア』がある。

その『メイフェア』のサイトは非常によくできていて、顧客の九割に達するという女性たちの購買意欲をうまく摑むような工夫がそこかしこにされているのだ。

頼めばウェブデザイナーを紹介してもらえるかもしれない。

さっそく帰ったら聞いてみよう。

佳人の心はすでに軽井沢を離れていた。

ラウンジで待たせていた夏希の許に行き、「帰りましょうか」と言ったときも、佳人は早く東京に戻っていろいろ検討したい気持ちでいっぱいになっており、夏希の表情が曇ったことにも気づかなかった。

「……ええ……。じゃあ、帰りは私が運転しましょうか?」

奥歯にものが挟まったような、納得していなそうな物言いをされても、引っ掛かりを覚えることなく、「いえ、大丈夫です」とあっさり片づけてしまった。

どうやら佳人のそのあまりにも無意識かつ無頓着な態度に、かえって夏希は諦めがついておかしみを感じたのか、じわじわと笑顔を取り戻していた。

「佳人さん、もしかして鈍いほうですか？」

シートベルトを締めながら唐突に夏希に質問され、佳人は虚を衝かれてしまって「え？」と聞き返す。なんの話か本気でわからなかった。

「いえ、なんでもありません。気にしないでください」

夏希は二度は繰り返さず、にこっと微笑んでこの件は終わらせる。

その微笑みに安堵して、佳人も夏希の言葉をそのまま受けとめ、気にしなかった。

*

朔田との繋がりが密になるにつれ、佳人も茶道の稽古に通う日を水曜日に定めるようになった。

幸い、四月も下旬に入ってからは、年度末から年度初めにかけての目まぐるしい慌ただしさが一段落し、水曜を定時で上がる日にすることがそれほど難しくなくなっていた。遥も協力的で、残業があっても「おまえはもういい」と佳人を先に上がらせてくれる。

軽井沢まで足を伸ばした日の夜、佳人は遥にそれまで自分と朔田の間だけで話してきた事業の展開のさせ方を、初めて遥にもざっくりと話した。

東原たちとゴルフをしたあと、三時過ぎには帰宅していたらしい遥は、とびきり上等のオリーブオイルを山岡物産の三代目社長から貰ったとかで、バーニャカウダを作って佳人の帰りを待ってくれていた。

東原とのラウンドに、山岡社長がメンバーの一人として参加していたとは想像もせず、意外な名前が出てきたことに驚いたが、聞けば、山岡のほうから東原と顔を繋ぎたいから取り持ってくれと遥に頼んできたらしい。それで、もう一人誘って、四人でプレーすることになったようだ。

エキストラ・ヴァージンのオリーブオイル詰め合わせセットは、そのお礼というわけだ。

佳人も五時前には帰り着き、遥と交代で台所仕事をしつつ風呂にも入って、六時過ぎから月見台での晩酌《ばんしゃく》となった。

まだ日が沈む前から、久々にワインを開けて飲んだ。

バーニャカウダなら日本酒よりワインのほうが合うだろうと、遥が近所の酒店に買いに行ってくれたのだ。こういうことに関して、遥は手間暇かけるのを厭《いと》わず、まめだ。出前で適当にすませるときとの対比が興味深かった。

薄暮《はくぼ》から完全に日が沈み、庭の常夜灯と書院の間から洩れる明かり、そして綺麗な月に照らされる中、佳人は軽井沢で実際に自分の目で見て確かめ、内情を調べてみた感触や、それも考えに含めた上でのネット販売の可能性について、我ながらどうかしたのかと恥ずかしくなるほど饒舌に語った。

遥は基本、黙って聞いていたが、ときどき鋭い突っ込みを入れてきたり、より現実的な意見を差し挟んだりして、真摯に相手をしてくれた。

特にウェブデザイナーの件は、心当たりに聞いてやるからちょっと待てと、ありがたい言葉をもらった。

めったにないほどよく喋り、舌を湿らせたくなるたびにワインを口にしていたので、普段以上に飲んだようだ。

ところどころ記憶があやふやなところがあって、気がつくと、いつのまに階段を上ったのか、二階のベッドで遥に貫かれていた。

「あぁっ、あ、あ、あっ」

心地よく酔った体を揺さぶられ、湿った粘膜を遥の太くて硬いもので擦られ、あられもない声が出る。

身も心も充実した夜だった。

「おまえをここまで夢中にさせるきっかけを作ったその男、俺も一度会っておきたいな」

激しく腰を使って佳人の中を突き上げながら、遥が言う。

それを佳人は朦朧《もうろう》とした状態で聞いていた。

「ああ、だめ。だめっ、イク……ッ」

激しい恍惚に襲われて、佳人は全身を打ち震わせながら達し、そのまま意識を手放した。

遥のぬくもりと匂いに包まれて眠ることができる幸せを、朝起きてしみじみ感じた。

そうした前振りはあったものの、よもや遥が朔田と顔を合わせる機会を自ら作るとまでは予測しなかった。

ゴールデンウィークが明けたあとの茶道の稽古日、いつものとおり朔田と駅まで歩いて帰るべく仁賀保邸の門を出たところ、向かいの民家の石塀に寄せて停められている車が目に入り、佳人は驚きに睫毛《まつげ》を瞬かせた。

同時に、運転席のドアが開き、スーツ姿の遥が降りてくる。

いったん自宅に戻って、着替えずに車を出してここまで迎えにきてくれたらしい。確か今夜はアパレルメーカーの企画部長と会食の予定だったはずだが、先方の都合でキャンセルになったのだろうか。佳人のほうにはなんの連絡も来なかったので、遥の予定が変わっていたなど、知らなかった。

こうして第三者に近い目線で遥を見ると、ドキッとする。

百八十を超える長身を誂《あつら》えもののスーツで包んだ遥の、スタイルのよさと姿勢のよさに惚れ惚れしてしまう。端整な顔立ちに、長い手足、本人も気づかない匂い立つような品。佇んでいるだけで色気を感じさせ、圧倒的な存在感がある。

朔田も遥に気がつくやいなや目が離せなくなったように凝視している。

ゆったりとした足取りで遥が近づいてきて、二人の前に立つまで、佳人もまた言葉を失っていた。まさかここに遥が来るとは、予想外すぎた。朔田の手前もあって、どんな態度を取ればいいいのか、考えすぎて迷いもした。

「そろそろ終わる頃かと思ってドライブがてら寄ってみた」

遥は普段と変わらぬ態度で佳人に向かって言うと、横にいる朔田に向き直り、会釈した。

「どうも初めまして。久保の上司で、黒澤と申します」

「あ、あ、ああ。そうですか」

元々人見知りするという朔田は遥の前で上がり気味だった。上擦《うわず》った声と落ち着きなくやたらと体を揺らす仕草に、緊張と当惑が表れている。

六つの会社を経営する社長の秘書をしていると朔田には言ってあるのだが、そこからイメージされた像と、実際に見た遥がかけ離れていたらしく、どうにも腑に落ちなそうだ。

秘書が通っている習い事先に、不意に姿を見せる社長、というのも珍しい。アットホームな会社だと説明した覚えはあるのだが、それにしても、と訝しがられても無理はなかった。

「社長、こちらは朔田秀則さんです」

佳人が名前だけ遥に紹介すると、朔田ははっと気を取り直した様子でその先を引き継ぐ。

「初めまして。陶芸をやっている者です」

「茶道に陶芸、どちらにも縁がありませんが、ここでご挨拶させていただいたのをきっかけに、今後よろしくお願いできれば幸いです」

「恐縮です。こちらこそ、久保さんからかねがね会社のお話を聞くにつけ、社長さんの多才さと有能さに感服しておりました」

「運がよかったと思っています。むろん、努力もしていますが」

遥は気負わず驕《おご》らず謙遜しすぎることもなく、さらっと口にする。

朔田にも遥の気さくさと率直さ、自負は感じ取れたらしく、憧憬《どうけい》と嫉妬《しっと》が交ざったような複雑な表情を浮かべている。

「今日はこれからお仕事の打ち合わせですか」

「まぁ、そんなところです」

朔田の質問に遥は当たり障りのない返事をする。

「それじゃあ、今日はここで。佳人くん、またな」

「はい。どうも、お疲れ様でした」

会釈して別れの挨拶をすると、朔田は一人で駅に向かって歩いていった。

なんとなく最後まで遥と佳人の関係がしっくりとこなかった様子だが、気にしたところでどうなるものでもなかったし、第一、佳人は遥と恋人同士であることを恥じてはいなかった。聞かれもしないうちから進んで話しはしないが、もし誰かに「そうなのか」と聞かれたら「はい」と答えるくらいの覚悟はできている。

朔田の性指向がどうなのかは知らないが、佳人は漠然《ばくぜん》と、朔田なら男同士でも理解してくれるのではないか、と勝手に考えていた。芸術家にはバイやゲイが多いイメージが先入観としてあったからかもしれない。

「俺たちも帰るぞ」

遥に声をかけられ、佳人は慌てて助手席側のドアを開け、乗り込んだ。

ポルシェ・ボクスターの深いバケットシートに身を預ける。この沈み込むような感覚はスポーツカーならではだ。朔田を駅まで送ってやれなかったのは、ツーシーターで三人は乗れなかったからだ。ただし、朔田は車にはいっさい興味がないようなので、察してくれたかどうかは定かでない。最初見たとき、派手な車だ、くらいには思ったかもしれないが、それ以上は意識していなさそうだった。

「遥さん、本当に朔田さんと一度会いたかったんですね」

「気になるだろう、どんな男か」

左手でステアリングを握って、右手はシフトレバーにかけたまま、遥は佳人に横顔を見せて言う。相変わらずの仏頂面で、にこりともしないので、朔田のことがどこか気に入らなかったのかと不安になる。親しくしてもらっている知人を身内に受け入れてもらえないのは悲しい。

しかし、遥はべつに朔田に不満は抱かなかったようで、

「神経質で、頑なそうな一面がある気はするが、裏表のない誠実な男みたいだな」

と評価する。遥自身は積極的に近づきになりたいと思うほどではないらしいが、佳人が今後ビジネスで関わる相手としては問題ないと判断したようだ。

「付き合えば付き合うほど、真っ正直に生きている人だなと感じます。自分のことより妹さんの

ことで気を揉んでいたり、快くおれに知り合いの陶芸家を何人も紹介してくれたり」

「その分、あまり要領はよくなさそうだな」

「ビジネス欲はもちろん皆無ではないからこそ、おれを応援してくれていて、回り回って自分にも還元されたらいいと考えていると思うんですが、自分から動くタイプではないみたいですね」

「世の中の大半はそのタイプだ。だがそれもいわゆる役割分担というものだろう。皆が皆トップになりたがったら社会は成り立たない」

確かに、と佳人は頷いた。

人にはそれぞれやるべきこと、合っていることがある。

「要領がよくて狡《ずる》い人間より、不器用でも誠意を持った人間のほうがいい。地雷を踏むと厄介なタイプだという気もするが、人はべつに悪くなさそうだ。機会があればいつかうちにも遊びに来てもらえ」

「はい」

佳人は声を弾ませて返事をした。

遥にも朔田を認めてもらったのだと解釈できる言葉をかけられ、嬉しい。遥の人を見る目は確かだ。単に表面的な善悪が基準ではないのは、東原のような男とも付き合いがあることから察せられる。

帰り道、スーパーに寄って夕食の材料を買った。

通いの家政婦に、今夜の食事の支度はしていただかなくて結構です、と出勤前にメモを置いていったため、今から自分たちで作るか、出前を取るかしなければいけない。遥の気分は、手料理を作って食べるほうだったようだ。

メインは鰤《ぶり》の照り焼きにして、副菜にほうれん草の白和《しらあ》えとひじきの煮物、葉っぱのサラダに大根の味噌汁と、いずれも二人共に好きで、気が向けば作るメニューに決めた。

鰤の照り焼きとサラダ、味噌汁は遥が、副菜二品は佳人が担当することになった。

男二人並んで立っても十分な広さのあるキッチンで、部屋着の上にエプロンを着けた姿で手分けして料理をする。

タレの材料である醤油《しょうゆ》やみりん、砂糖などを計量しながらボールに入れつつ、遥がふと思い出したように言う。

「例のウェブデザインの件、『メイフェア』で使っている会社に頼んでも悪くはないと思うんだが、この間の晩おまえがいろいろ喋っていたことを、俺なりに頭の中でまとめてイメージ化してみたら、もっとクールに仕上げられるデザイナーにやらせたほうがいい気がした」

「あ、はい」

佳人はたちまち遥の話に引き込まれ、短く相槌を打って話の先を待つ。

きっと今、自分の目はキラキラを通り越してギラギラしているのではないかと思うくらい、佳人は自分がやろうとしている事業のことで頭がいっぱいだった。

「今日、午後から三峯《みつみね》のところの営業企画合同会議に出て、そこで新作のカバージャケットを三点見たんだが、そのうちの二点を手がけたデザイナーのセンスが抜群によかった」

「あの、でも、それってアダルトビデオのパッケージデザイン……ですよね？」

三峯は遥の持ち株会社であるアダルトビデオ制作会社のエグゼクティブプロデューサー兼重役だ。業界人らしいクセの強い男で、佳人は正直苦手だが、有能な人物なのは認めざるを得ない。

「サンプルを持って帰ったから、あとで自分で確かめてみろ」

あれこれ説明する手間を省いて遥は佳人に判断を投げる。

「ちなみに男女ものだが結構ヌケる出来になっていた」

「あ、いや、おれは。側だけ見せてもらえれば」

佳人は慌てて中身は見なくて結構ですと遠慮する。その後すぐ冷静になって、チラッと遥を横目で見た。タレを合わせ終えた遥は、今度は味噌汁の具にする大根を手際よく包丁で銀杏《いちょう》切りにしている。照り焼きのほうは、フライパンで切り身を焼いてタレと絡めるだけだ。

「……遥さんは観たんですか。それ、最後まで」

「ああ。飛ばし飛ばしだが」

飄然《ひょうぜん》と答える遥に、佳人のほうがあれこれ想像を逞しくして赤くなる。

綺麗な顔に似合わず遥は結構俗っぽく、下ネタも平気で口にする。それでもなぜか下品にならないのは、生まれ持った品格がなせる業だろう。

佳人などはまだ全然人間が出来ていないので、己の欲を恥じ、隠そう、取り繕おう、としてしまう。遥のように堂々と、潔く肯定できる人には感服する。

「どうした。黙り込んで」

耳朶まで染めて、茹《ゆ》でて水にさらしたほうれん草を三センチ幅に切っている佳人を、遥が含み笑いしながら揶揄《やゆ》する。

「この前、三峯がギャップ萌えという言葉を教えてくれたが、おまえにもその要素があるようだな。俺とさんざんいやらしいことをしておきながら、エロビデオごときに今さら狼狽えなくてもよさそうなものだが」

「ああいうのって、どんな顔して観たらいいのかわからなくて」

佳人は正直に答えた。

「どんな顔？　また難しいことを考える男だな」

遥の口調には佳人に対する深い愛情が溢れていて、佳人は嬉しさと恥ずかしさともったいなさを同時に感じ、先ほどの比ではなく狼狽えた。

料理に集中する振りをしてやり過ごすべく、三センチ幅に切ったほうれん草を絞って水切りし、次ににんじんを切りにかかる。にんじんは白和えとひじきの煮物の両方に使うため、小さめの拍《ひょう》子切《しぎ》りと千切《せんぎ》りの二種類に切り分ける必要がある。

まずはにんじん一本の三分の一を拍子切りにする。切ったあとはレンジにかけて、しなっとさせる。次にまた三分の一を、今度は千切りにし始めた。

「まぁ、実際、中身のほうはどうでもいい。見てほしいのはパッケージデザインだ。写真のチョイス、効果的な並べ方、ロゴデザインのセンス、ジャンルは違っても非常にスタイリッシュでドラマティックな演出ができるデザイナーだ。ウェブの仕事も引き受けるらしいから、一度任せてみたら面白そうだと思った。いちおう勧めておく」

「遥さんがそこまで買ってらっしゃるなら、先入観は捨てて前向きに検討しないわけにはいかないですね」

俄然《がぜん》、佳人は興味が湧いてきた。

そのサンプルＤＶＤを早く見てみたい。

逸《はや》る気持ちが手元を狂わせ、アッと思ったときには、にんじんを押さえていた左手の指を誤《あやま》って包丁で傷つけていた。

「痛……っ」

咄嗟に小さく声に出してしまい、すぐに遥が振り向いた。

人差し指の横腹を五ミリほど傷つけただけだったが、血がすぐには止まらず、舐めても後から後から滲んでくる。

「何をしている」

遥は眉根を寄せて怒ったような心配そうな顔をした。

「さっさと絆創膏《ばんそうこう》を貼ってこい。傷の手当てがすんだら、ここはもう俺一人でいいから、さっき言ったサンプルを見てこい。俺の書斎の机の上に置いてある。料理をするときほかのことにばかり気を取られているやつがいたら迷惑だ。その程度の傷ですんだからいいようなものの、うっかり熱湯でもひっくり返されたらおおごとだからな」

「はい。すみません」

全部遥の言うとおりだ。遥は正しい、と思った。

佳人は恐縮しながらも台所を遥に任せ、茶の間に常備されている救急箱を開けて、綺麗に洗ってきた傷口に絆創膏を巻いて処置すると、書斎に行った。

遥は佳人のことをなんでもよく見ている。相槌すら打たずに仏頂面のままでいるときも多いが、話は一言一句洩らさず聞いており、自分でも真剣に考えてくれている。

過激な惹句《じゃっく》が淫らな写真の上に踊る、一見するとアダルトビデオコーナーに溢れている他の作品とたいした違いはなく見えるパッケージだが、確かに、どこか琴線に触れるところのある、見過ごせない感じがするデザインだった。

卑猥で生々しくあからさまなのは確かだが、そのあたりを強調するのは商品の性質上当然の姿勢だ。露骨に性欲を刺激するいやらしさをさんざん演出しておきながら、相反するはずの知性や品をそこはかとなく感じさせ、悪趣味にまでは走らないギリギリの駆け引きが至る所に施されている。そんな気がした。

ロゴの字体や大きさ、置き方次第で、同じ文章でも受け手に与える印象はがらりと変わる。大切なのはデザイナーのセンスと、商品に対する理解力だ。

デザインの技術に関する専門的なことはわからないが、己の感覚を信じて作品を見たとき佳人の心を捉えたのは、商品のコンセプトとアイデンティティを念頭に据えた上での、デザイナーの持つ引き出しの多さとチャレンジ精神が、そこはかとなく伝わってくる点だ。

このデザイナーなら何か面白いことを考えついてくれるかもしれない。

遥の言っていたことが、作品を見たらすぐに理解でき、納得がいった。

「デザイナーさんの連絡先、教えてもらってもいいですか」

佳人は台所に戻るなり、遥に言った。

「ああ」

遥はぶっきらぼうに返事をする。

ほんの十五分ほど離れていた間に、遥は手際のよさを見せつけるかのごとく、四品すべてを仕上げの段階にまで持っていっていた。

エプロンを着けたまま書斎に行っていた佳人は、作業台の上とコンロにかかった鍋を見て、これから自分にできるのは何か考えた。まず、豆腐の中にほうれん草やにんじん、しめじといった具材を加えて和えることが一つ。煮詰めている最中のひじきの煮物を焦《こ》がさないようにすることが二つめ。そして唯一手つかずになっている葉っぱのサラダを、洗って千切って器に盛りつけ、ドレッシングを添えること、この三つのようだ。

さっきは、迷惑だから向こうへ行っていろと佳人を追い払った遥だが、戻ってきたときには何事もなかったかのごとく、「煮物、ある程度汁を飛ばしたら火を止めろ」と指示を出す。

佳人は「はい」と歯切れのいい口調で返事をすると、石鹸で手を洗うところから再び始めた。

＊

五月最後の稽古日、茶道教室で朔田に会ったとき、次の土日は陶芸用の土を調達しに泊まりがけで遠出するので打ち合わせができないと言われ、代わりに金曜の夜うちに来ないかと誘われた。

遥に紹介してもらったデザイナーともすでに一度会って話をしており、ぜひやってみたいと快諾してくれたので、サイトの構成や販売システムをどうするか、今週中に詰めておきたかった。たまたまその日は遥も得意先の重役と会食の予定で夜遅くなるようだったので、佳人は終業後朔田の家を訪ねた。毎度朔田に迎えにきてもらうのは気が引けるので、ここ何回かは、時間が合えば路線バス、十分以上待つようならタクシーで、直接家まで行っている。

「いらっしゃい。遠くまで来させて悪かったね」

家の中に一歩足を踏み入れたときから、食欲をそそるいい匂いがしていると思ったら、台所から割烹着《かっぽうぎ》姿で出てきた夏希が、小料理屋メニューをあれこれ作っている最中だと言う。

「こいつの料理、僕が言うのもなんですが、なかなかの腕前なんで、味見してやってください」

「なんか、すみません。ありがとうございます」

よもや夏希の手料理で持て成されるとは思いもよらず、面倒をかけてしまったのではないかと申し訳ない気持ちになる。

「佳人くんはビールより日本酒をよく飲むみたいだったから、今日はそれに合わせた料理を十点ほど作ってみているようです」

そのために夏希は午後会社を休んだと聞き、ますます恐縮する。

嬉しいことは嬉しいが、そこまでされるとちょっと困る……それが本音だった。だが、もちろん、顔や態度に出しはしない。

ここには食事をしに来たわけではない、仕事の打ち合わせをするために来たのだ、と自分に言い聞かす。

今回通されたのは仏壇のある六畳間だった。六人は席につけそうな座卓が真ん中に据えられている。幸い、座卓の上にはまだ何も置かれていなかった。

「先にちょっと、こっちの件をご相談させていただいてもかまいませんか」

お酒の用意までされているのなら、食事の前にサイトの件を話しておきたいと思い、佳人は持参したノートパソコンと、あらかじめ打ち出してきた資料を鞄から出した。

朔田は佳人が渡した紙の資料を一通り捲ってみて、ちょっと困ったように五分刈りの頭を掻く。

普段パソコンはまったく触らない、自分のマシンさえ持っていないという朔田には、ツリー形式で図解したウェブの各ページごとの内容一覧はちんぷんかんぷんだったらしい。

申し訳なさそうに、

「悪いが僕にはこういったことはわからない。佳人くんに任せるよ」

と言われてしまった。

委託販売の形を取るため、商品を任せてくれる作家全員にサイトの構成やデザインコンセプトを提示して、ホームページ制作前に了解を取っておきたかったのだが、朔田に関しては佳人に一任してもらったということで、先に進めるしかなさそうだ。

「この状態ではわかりにくいですよね。朔田さんにはウェブに公開する前にテストアップするものをお見せしますね。そのときでも若干の修正は可能ですから」

それよりも、ぜひしてもらわなくてはならないのが、商品画像のチェックだ。

これまでの話し合いでサイトオープン時にカタログに載せる商品の選択は終えている。サイトを訪問してくれたユーザーが興味を持って購買意欲をそそられるような商品紹介写真を、一点につき三〜五枚商品の個別紹介ページに上げるつもりなので、それを選んでもらいたかった。

「撮影に入らせていただく日にちはまだ未定ですが、早ければ今月末、遅くとも来月七月上旬までにはと思っています。こちらはまた後日ご相談させてください」

「わかった。心に留めておきますよ」

この件に関しては朔田も協力的だ。やはり、自分の作品の写真写りは気になるのだろう。

「今のところサイトオープンは十月頭を目指しています。それまでの間に、新規ネット店舗オープンのＣＭを効果のありそうな他サイトに掲載するつもりです。ただ漠然とある日突然公開しても、ネットの海から辿り着いてもらえる確率は低いので。おれ個人もブログを始めて、公開までの足跡を可能な範囲で日記形式に紹介していこうと思っています」

「サイトにブログ、僕もちょくちょく耳にしてはいるんですが、インターネット自体をあまり見たことがないのでさっぱりです」

「じゃあ、ちょっと見てみますか」

佳人は持参したノートパソコンを起動させ、常時鞄に入れているポケットWi-Fiでネットに繋ぎ、ブラウザを開いてみせた。

「これ、まだ本文は何も書いてないんですけど、さっきお話ししたおれのブログのページです。アカウントを取ってテンプレートを選んで、準備だけしています」

「へぇ……そんな簡単に自分のページが作れるものなんですか」

「ブログはパソコン初心者でもすぐに始められますよ。そこを売りにして広まったシステムなんです。ブログとは別にＳＮＳというシステムもあって、どちらかというと流れ的には今はＳＮＳに参加する人のほうが多いかもしれないですね」

それから、と佳人はブックマークしていた別のページに移動する。

「あれ、これ、西野さんの工房じゃないですか！」

さすがに親しくしているだけあって、朔田は西野が個人でやっている日記ブログの最新記事に上げられた工房内の写真を一目見るなり、驚きの声を上げた。

そこに夏希が盆を持って入ってきた。

「お兄ちゃん、なに騒いでるの」

普段静かな兄が珍しく大声を出したので、何事かと面食らったようだ。

「おまえ、これ知ってたか？」

「ああ、西野さんのブログね。もちろん知ってたわよ」

盆を畳の上に置いて、運んできた料理を一品ずつ座卓の真ん中に並べつつ、パソコン画面をチラリと覗いて、愛嬌《あいきょう》のあるしたり顔をする。

割烹着を脱いでいるところを見ると、料理はすべて終わったようだ。

朔田が焼いた一点ものの器に盛りつけられた料理の数々に、佳人は思わず瞠目《どうもく》し、やはり朔田の作る器は味があって素晴らしいと再認した。夏希の料理を引き立て、目にも美味しそうに見せている。

「だいたい今時インターネット見ないなんて、お兄ちゃんのほうが珍しいの。あの西野さんでさえ今年の年始からそれ始めたんだよ。まぁ、月に二回か三回しか投稿してないけど、それでも最近は写真のアップの仕方も覚えたみたいで、だんだん詳しくなっていってるみたいだよ」

「なんかショックだなぁ」

やらない仲間だと思っていた西野さんが、と朔田は半分口の中でもごもごと呟く。

佳人は茫然《ぼうぜん》としている朔田を微笑ましく思いつつ、朔田のプライドを傷つけないように気を遣った物言いを心がけた。

「年々普及率が高くなっているのは確かですが、おれの周りにもパソコン自体を持っていない、興味がないという人はいますよ。西野さんも、年末にご購入されたばかりだと伺いました。おかげ様でネット通販のサイトを立ち上げたいというおれの話にも快く賛同していただけました」

「そういえば、一人だけ考えさせてくれって保留にしているやつがいると言ってましたよね。あれ、その後どうなったんですか」

「実はまだお返事いただけていないんです」

朔田の知り合いの陶芸家四人の中でも、最も年配で、いかにも芸術家気質の気むずかしい男だった。朔田の紹介だということでとりあえず会ってはくれたが、とりつく島もなく無愛想で、何を言っても聞いても険のある眼差しでジロッと睨まれるばかりだった。

比較的誰とでも打ち解けやすい夏希も、さすがにあのときは佳人の横で萎縮《いしゅく》気味だった。夏希によれば、彼のあんなに不機嫌な様子を見たのは初めてだという。おそらく夏希一人で訪ねていけば、もう少し普通の応対をするのだろう。彼に関しては佳人も半ば諦めかけている。

「気長に待とうと思います」

朔田にはそんなふうに言っておいた。

「佳人さん、ほら、これ」

話が一段落したところを見計らって夏希が佳人に冷酒を入れたガラスのとっくりを見せる。

軽井沢のホテルのショップにあった作家物のとっくりだ。

「買ってたんですか。全然気づかなかった」

「そうだと思った。佳人さんずっとホテル側の担当者さんと熱心に話し込んでいたもの」

「ごめんね。結構長い時間放っておいて」

あの場では話に夢中になっていて夏希のことにまで気が回らず、悪いことをした。

「ううん、いいの、それは。佳人さんお仕事で行ったのに、私が無理に連れていってもらっただけだから」

夏希は即座に首を振って、気にしていないと微笑む。

そんな佳人と夏希の遣り取りを、朔田は満足そうな顔で見ていた。

「さ、佳人くん、話の続きは一杯やってからにしよう」

この期《ご》に及んで断れる雰囲気ではなく、佳人は手元に置かれたぐい呑みを手に取り、とっくりをかまえた夏希に向けて差し出した。ぐい呑みはとっくりと同じデザインで、薄桃色と白の二色に色分けされた磨りガラスが綺麗だった。

酒はからきし弱いはずの朔田が、酒屋の主人に勧められて選んだという冷酒は、吟醸《ぎんじょう》酒で飲みやすく、いつも遥と飲んでいる超辛口の酒と比べるとまろやかすぎてちょっと物足りないくらいに感じられた。もう少し雑味があるほうが好きだと思うのは、遥の影響を受けたからだろうか。

「いちおう全部私が作りました」

ゆくゆくは小料理屋の女将《おかみ》になるのが夢だと公言するだけあって、夏希の手料理はその辺の居酒屋顔負けの美味しさだった。見た目も整っていて美しく、色合いまで考えて一皿一皿丁寧に作られているのがわかる。とても誠実で、食べる人のことを大切にする心が表れた、好感の持てる料理だと思う。一人でこれだけの十品目を作るというのは、確かにプロ並だ。

「よかったらちょっとずつでいいから全皿つついてみて」

夏希はぐんと砕けた喋り方で言いながら、佳人の反応をじっと見ている。

勧められたとおり、佳人は各皿から銘々皿《めいめいざら》に少しずつ取り分けさせてもらい、ありがたくいただいた。

店でなら先付けとして出てきそうな小鉢ものから、生麩《なまふ》の田楽《でんがく》やだし巻き卵といった小腹が空いているときちょっと食べたくなる一品、メインでがっつりと食べる肉料理や魚料理。そしてさらに、野菜がたっぷり摂れるサラダもあった。

どれもとても美味しかったが、また食べたいのはどれ、と聞かれると、迷いながらも「生麩田楽かな」と答えた。

「この味噌が、すごく美味しいです。これも手作りですよね？」

できたらレシピを聞いて帰って、自分でも作ってみたいと思った。これを遥にも食べさせてあげたい。遥もきっと好きだろう。

「八丁《はっちょう》味噌に砂糖とお酒を加えて、なめらかになるまで混ぜるだけよ」

夏希は勿体ぶらずに分量も教えてくれた。酒の量は好みと混ぜ具合を見て加減するそうだ。

「味噌は保存が利くし、生麩も小分けして冷凍すれば大丈夫。急な来客にも手軽にサッと対応できるお役立ちメニューよ」

「ありがとう。今度作ってみます」

それまでにこやかな笑みを湛えて二人の会話を聞いていた朔田が、ふと聞きそびれていたことを思い出した、という表情をする。

「佳人くんは一人暮らしなんでしたっけ？」

「あ、おれは……」

同居人がいます、と隠し立てせずにそれだけは言っておこうと続けかけたとき、いきなり携帯電話が鳴りだした。

「すみません、仕事先からかかってきていて」

朔田と夏希に断りを入れ、佳人は席を立った。六畳間の横が縁側で、障子が開いていたのでそちらで電話を受けさせてもらう。

かけてきたのは三峯だった。

急用らしく、いつもの軽口はぴたりと封印し、今すぐ遥と連絡が取りたいと言う。先ほどから何度か遥の携帯に電話をしているのだが、繋がらないため、佳人にかけたとのことだ。

「社長は今夜、重要な取引先の方と打ち合わせ会食中です。それでたぶん携帯の電源を落としているのだと思います」

どういった用件なのか詳しく聞いてみると、女優が撮影のさなかに突如怒りだし、契約違反だの、訴えるだのと大騒ぎしているらしい。ＡＶ界ではスペシャル級の売れっ子有名女優で、遥が直接交渉して出演を承諾させたそうだ。

おそらく今日の撮影に遥が顔を見せなかったのが不満で、ついにブチ切れたんだろう、と三峯はここに来てようやくいつもの調子を取り戻し、キヒヒと意味深な笑い声を佳人に聞かせた。

佳人はそれには取り合わず、この場合どう処理すべきか素早く頭を働かせた。

「社長を呼び出すのは無理です。とりあえずおれが今からそちらに行きます。そうですね、ここからだと四十分はかかると思いますが、それまでなんとか女優さんを宥めていてもらえますか。あと、おれ一人では心許ないでしょうから、知り合いの弁護士さんに来てもらえないかどうか聞いてみます。会社の顧問弁護士ではありませんが、社長とも懇意にしている方ですし、この件に力を貸していただいても問題ないと思いますので」

佳人は三峯との電話を切ると、続けて貴史に連絡を入れた。

幸い貴史はまだ事務所にいて、そういうことならすぐ先方に行きます、と引き受けてくれた。

六畳間に戻った佳人は、心配そうな顔をして待ってくれていた朔田兄妹に、中途半端になって申し訳ないが、トラブルが発生してしまったので今夜はこれで、と暇乞《いとまご》いをした。

「ごめんなさい、ちらっと佳人さんの声が聞こえて、弁護士さんがどうとかって……。大丈夫なんですか」

「たぶん、それほど大変なことにはならないと思うんですが、行ってみないと状況がはっきりしないので今から向かいます」

「タイミングが悪かったね。でも、次の機会にまたあらためてゆっくりすればいいから」

こっちのことは気にしないでいいと朔田に言ってもらって助かった。

サイトの件で話しそびれたこともあるので、来週末、朔田のほうの都合さえよければまた来ます、と言い置いて引き揚げさせてもらった。

そうして大急ぎで駆けつけてみると、現場にはすでに貴史が来ていて、何事もなかったかのような和やかな雰囲気になっていた。騒ぎの元になった女優の姿は見当たらず、聞けば、マネージャーと一緒に五分ほど前に帰っていったとのことだった。

「すみませんでした、貴史さん。突然無理をお願いして」

「かまいませんよ。僕のところにかかってくる電話はたいてい急なお願いや急な変更とかなので、慣れていますから」

貴史は弁護士としてやるべきことはやりました、と佳人におおまかな説明をした上で、

「せっかくお会いできたのに残念ですが、まだ少し片づけなくてはいけない仕事を残してきましたので、今夜はこれで失礼します」

と、慌ただしく帰っていった。

残業中のところを無理に時間を割《さ》いて来てくれたのだと知り、ありがたさに胸が熱くなる。

三峯にもどんな事態になったのか聞くと、貴史が専門用語を駆使した見事な弁舌で人気女優を言い負かし、穏便《おんびん》にすませると約束させたという。

「撮影は仕切り直して明後日に続きから撮ることになったから。久保チャンから社長に言っといて。それから、あの怒らせたらおっかなそうな弁護士さんにもお礼しといてね。彼、久保チャンのお友達なんでしょ」

喉元過ぎればなんとやらで、三峯は相変わらずちゃっかりしており、佳人は安堵と苛立ちと諦《てい》観《かん》が綯《な》い交ぜになった溜息を深々とついていた。

3

遥《はるか》の秘書業務と、個人事業としてのネット店舗立ち上げという二足の草鞋《わらじ》を履きだしてからは、カレンダーの日付が飛ぶように過ぎていく。

そんな中でも、遥の誕生日を祝うという、かねてから佳人の心を大きく占めていたイベントだけはきっちり果たした。

とはいえ、たいしたことができたわけではなく、佳人《よしと》が一人で作った手料理で晩餐《ばんさん》をすませ、ケーキとシャンパンで簡単に祝っただけだ。それ以上は必要ない、と遥にむすっとして言われたのと、ケーキのリクエストがサバランだったことが、佳人にはひどく印象深かった。二年前の誕生日には、そうと知らずに作って遥に出したサバランを、今年は誕生日のお祝いとはっきり認識した上で作って一緒に食べた。その差が二人の関係性の変化をまざまざと表しているようで、とても感慨深かった。遥もそれを感じたかったのではないかという気がする。

「おまえのおかげで、いい日になった」

寝る前に遥が珍しく率直な言葉をくれたことを、佳人はこの先ずっと覚えているだろう。

ビジネスに関しては、六月末に朔田《さくた》の工房にカメラマンと二人でお邪魔して、サイトに載せる商品写真の撮影を無事終わらせたのを手始めに、他の三人も順次すませた。

カメラマンを紹介してくれたのは三峯《みつみね》だ。売れっ子女優が騒ぎを起こしたときに佳人がすぐ対処したのを内心ありがたがってくれていたらしく、「お礼代わりだ」と引き合わせてくれた。遥から佳人が新たな事業を計画していることをチラリと聞いたそうで、静物写真が得意な商業カメラマンにあたってくれたのだ。おかげでとてもいい写真が撮れた。なんのかんのと言いながら、三峯は貴史《たかふみ》のことも気に入った様子だ。

目が回りそうな忙しさで、体を削って働いている感がなきにしもあらずだったが、佳人は元々自分を追い込むのが苦でないほうだ。毎日が充実していて、我ながら生き生きとしている実感があった。

遥が台湾に二泊三日の日程で出張に出掛けたのは七月上旬だった。

日曜日の午前中に羽田《はねだ》を発って、火曜日の夕方帰国した。

「お疲れ様でした」

羽田の到着ロビーで遥を出迎えた佳人は、中一日遥の顔を見なかっただけで久しぶりに会えた気がして、なんだか照れくさかった。自動扉が開いて遥が姿を現した途端《とたん》、動悸がし始め、まさか今さらそんなと、自分でもわけがわからなかった。

遥のほうも、佳人の姿を見つけるや、軽く目を見開いてフイと視線を逸《そ》らした。その仕草がやはり照れと嬉しさの表れのように思えて、向き合ったとき二人して妙にぎこちなかったのだ。

「台北《タイペイ》はいかがでしたか」

「暑かった」

駐車場に向かって脇目も振らずどんどん歩いていきながら、遥はいつものとおりぶっきらぼうに答える。

荷物を持ちます、と佳人がスーツケースに腕を伸ばす間もなかった。

駐車場では運転手の中村《なかむら》が社用車で待機しており、トランクへの荷物の積み込みは彼がしてくれた。

「これから新宿《しんじゅく》で一件用事ができた。物件の下見をするだけだから三十分程度ですむ。おまえもついてこい」

走りだした車の中でいきなり予定変更を告げられても、佳人も慣れたものだ。どのみち今日はこれから帰宅するだけのはずだった。

中村には、新宿で遥たちを降ろしたら、スーツケースを自宅に届けて今日はもう上がってくださいと、合い鍵を預けてお願いした。

新宿には現在、消費者金融会社『プレステージ』の店舗兼事務所があるが、繁華街から少し離れていて駅から十分ほど歩かなければならないため、以前から適当な物件が見つかれば移転したいと考えていたようだ。

台湾出張中に馴染みの不動産仲介業者から直接遥の携帯電話に、よさそうな貸事務所に空きが出た、という連絡が入ったそうで、帰国したらその足で内覧する話になったという。貪欲で精力的な仕事ぶりもさることながら、このフットワークの軽さが、業種の異なる会社を六つも興《おこ》し、成功させている秘訣なのだろうと、佳人は常々感心している。

新宿駅南口を出てすぐの好立地物件で、不動産仲介会社の担当とは現地で落ち合った。

さっそくビルの四階に上がって中を見る。

広さは今の事務所とほぼ変わらず、築年数もこちらのほうが数年浅い。セキュリティには力を入れているそうで、防犯カメラや事務所の鍵にはかなり新しいシステムが採用されている。

「問題は家賃だな」

遥も物件そのものには満足したらしく、その後しばらく担当者と話をして、賃料の交渉が可能かどうか貸し主に掛け合ってくれと頼んでいた。

あらかじめ聞いていたとおり、ここでの用事は三十分ほどですんだ。

「少し歩くが、歌舞伎町《かぶきちょう》に洒落《しゃれ》た雰囲気のうどん屋がある。うどん以外の料理も充実しているから、飲んで摘んで仕上げに麺類というときちょうどいい」

どうやら遥は、肴《さかな》を摘みつつ一杯飲んで、その後うどんを食べたい気分らしい。麺類好きなのは佳人も同様で、そのあたりも気が合う。

帰宅時間帯の新宿駅周辺は人で溢《あふ》れている。

歌舞伎町界隈《かいわい》では、ホストの客引きや、アルバイトと思《おぼ》しきビラ配りが数メートルおきに立っていて、他とはちょっと違う雰囲気だった。

遥の言ううどん店は有名な人気店らしく、店舗の外にまで席待ちの列ができていた。

「予約しておけばよかったですね」

「たまには並んでもいいだろう」

気が利かなくてすみませんと謝ると、遥はなんでもなさそうに列の最後尾に並んだ。

こんなとき、佳人ならさっさと諦めて他の店に行くことが多いが、遥は一度決めたら少しくらい辛抱してでも当初の目的を遂げたいタイプのようだ。

待つこと二十分でとりあえず店内に入れた。店の中にもまだ少し待ち列があって、さらにそこで十分待たされたあと、ようやくテーブルに案内された。

待ち時間にメニューを見ていたのでオーダーはスムーズだった。冷酒と共に天麩羅《てんぷら》の盛り合わせと牛すじの煮込み、お造りを頼み、しばらく飲んだあと、多彩なアレンジの中から佳人はシンプルなきつねうどんを、遥はおくらや夏野菜、豚しゃぶなどと一緒にタレにつけて食べるつけうどんを締めに食べた。

「遥さんと外で食べるのは汐留《しおどめ》のホテルに泊まったとき以来ですね」

「そうだったか?」

「……はい。たぶん」

記憶を手繰《たぐ》り寄せ、佳人は間違いないと確かめる。

「あのときは、おまえ、いやらしかったな」

さらっと澄ました顔で言われ、佳人は危うくうどんを喉に詰まらせそうになった。

「い、今そんなこと……思い出さないでください……！」

喉元を拳《こぶし》で軽く叩いて反論する。

「大丈夫か。おまえも意外と粗忽《そこつ》なところがあるな」

「遥さんのせいですよっ」

しゃあしゃあと言って意地悪に笑う遥が憎らしい。いつでもどこでも佳人を振り回し、それでも嫌いにさせるどころか、いっそう惚れさせてしまう。遥の持つ魔性の魅力にどうしても抗《あらが》えないのが悔しかった。

気がつけば二時間近く経《た》っていて、店を出たのは九時前だった。

夜の歌舞伎町は色とりどりのネオンに溢れ、人出は夕方とは比較にならないほど増えていた。ずらりと並んだ袖看板には内側から電気が灯《とも》され、ホストクラブやキャバクラ、ヘルスなどが入ったビルの壁には巨大な看板が掲げられ、色男や色女が華を競っている。

「遥さんは風俗には行ったことあるんですか？」

ふと頭に浮かび、聞いてみる。この場の雰囲気が佳人を大胆にしていて、今なら聞ける、逆に今聞かなければ当面聞く機会はない、と背中を押した。

「想像に任せる」

遥は真っ直ぐ前を向いて、器用に人ごみを縫いながら歩いていく。

佳人は置いていかれないようについていくのがやっとで、路地がたくさん入り組んだ場所にいたこともあり、駅がどちらの方向か完全に見失っていた。

質問に対して返ってきた答えは予想の範囲内ではあったが、否定されなかった現実が生々しい想像を掻き立て、自分で聞いておきながら恥ずかしさで顔が火照《ほて》りだす。まだまだ遥と渡り合うには肝《きも》が据わってないな、未熟だなと思い知らされる。

てっきり駅に向かっているものだと信じて疑っていなかったが、突然遥は通りすがりにあった建物のエントランスを潜り、中へ入っていく。

「遥さん？」

「休んでいくだけだ」

外観からして取り繕いようもなくあからさまな、ラブホテルだ。建物を囲む塀に料金を表示した電飾看板が掲げられている。

誰かに見られたら言い訳のしようもない場所に、遥は怖じけることなく堂々とした足取りで入る。その態度は先日一緒に泊まった超高級ホテルにチェックインしたときとまったく変わらない。佳人は遥のこうした態度を見るにつけ、自分もこんなふうにあれたらと憧憬《どうけい》を抱くが、よほど己をしっかり持っていなければ遥のようには振る舞えない。世間の目を気にしてつい臆病風に吹かれる自分は、矮小《わいしょう》な存在だという事実を噛みしめる。誰もが遥のようにはなれないのだ。

遥の後についていき、足早に建物内に入る。

無人のフロントには誰の姿もなく、遥は自動チェックイン機で部屋を決めて、落ちてきたカードキーを手にすると、さっさとエレベータに乗り込んだ。

「こういう場所、遥さん割と好きですよね」

黙ったままなのがなんとなく面映《おもは》ゆく感じられてきて、佳人は冗談ぽく言った。

「ああ」

遥はにこりともせずに返事をする。

「いつから……こういう気分だったんですか……？」

これには僅《わず》かばかり眉を顰《ひそ》め、ジロッと剣呑《けんのん》な眼差《まなざ》しを佳人に向けてきた。

「昨日の晩、独り寝したときからだ」

今度は予想をやすやすと超えた答えが返ってきて、もう、佳人はそれ以上何も聞けなくなった。

歓喜と羞恥が同時に、じわじわと込み上げてくる。

部屋のドアを開けて室内に足を踏み入れるなり、遥にその場で抱きしめられた。

突然すぎて足が軽く縺《もつ》れてしまい、背後で閉まったばかりのドアに肩が当たる。

そのままドアに背中を押しつける形になり、遥が目前に立ち塞がって迫ってくるのを、戸惑いと期待でもって陶然《とうぜん》と迎えた。

僅かばかり顎を擡《もた》げて遥の美貌を見上げる。

今夜の遥はいつにもまして色香を漂わせており、目が合っただけで股間が淫らに疼《うず》きだすほどセクシーだった。前だけでなく後ろまでもが、早くもはしたなく収縮しだす。

遥がゆっくりと顔を近づけてきて、佳人の唇をそっと啄《ついば》む。

性急で荒々しかったかと思えば、手に入れた獲物を細部までじっくりと確かめ、堪能しようとするかのごとく余裕を見せられ、翻弄《ほんろう》される。

唇の感触を味わうように繰り返しキスをしながら、手の甲や指先で頰や首筋を撫でられた。触れられたところがどこもかしこも気持ちいい。

そのうち唇を吸い合うだけのキスでは物足りなくなってきて、佳人のほうから口を開き、ちらりと舌先を覗《のぞ》かせて、遥を誘った。

「悪いやつめ」

ゾクゾクするほど艶のある声が耳朶《じだ》を打つ。

佳人はあえかな息をつき、喘ぐように全身をおののかせた。

たっぷりと唾液を纏《まと》った弾力のある舌が、佳人の舌を搦《から》め捕《と》る。

ピチャピチャと淫猥《いんわい》な水音をさせ、舌と舌とを口の中で絡ませ合い、溢れてきた唾液を啜り合う。絡まりを解いたかと思うと、舌先で口蓋《こうがい》や頰の裏側、歯列などをくまなくまさぐられ、それにも感じて顎を震わせた。

濃厚なキスに酔いしれているうちに、気がつけば上着を脱がされ、ネクタイは解かれて首にぶら下がった状態で、シャツのボタンを上から三つ外されていた。

遥自身もネクタイのノットに手をかけ、色っぽいとしか言いようのない仕草で緩ませる。

「乳首、いつから勃たせていた？」

「あ、あっ、だめ」

最初は焦《じ》らすようにワイシャツの上から尖った粒を撫で回され、佳人はだめと口走りながら、もどかしさに胸板を突き出してしまう。

遥は両の乳首を交互に押し潰すようにして弄《いじ》り、息を乱して喘ぐ唇を塞いでくる。

佳人は次第にドアに凭《もた》れさせた背中をずるずると下げていき、とうとう膝を折って上体を傾がせた。遥がいったん腕で抱きとめ、ゆっくりと佳人の体を床に這わせて押さえ込む。

まさか、ここで……？　と戸惑ったものの、べつに嫌ではなかったので抗わなかった。

遥は両手と両膝を絨毯《じゅうたん》敷きの床に突かせた佳人の足の間に身を入れ、ズボンのベルトに手をかけてきた。カチャ、と外す音がして、あっというまにウエストを緩めて下着ごと膝まで引きずり下ろされる。

ワイシャツの裾はたくし上げられ、剝《む》き出しになった尻を遥に向けて突き出した格好になる。

佳人は羞恥に身動《みじろ》ぎ、キュッと唇を嚙んだ。

遥もまた上着を脱いで、緩めていたネクタイを引き抜き、ズボンを下ろすのが衣擦《きぬず》れの音と動きの気配で察せられる。

床に投げやったスーツを拾い上げ、ポケットに手を入れて何か取る。

ピリッと封を切る音がしたので、状況からコンドームかと思っていたら、双丘を片方の手で開かれ、窄《すぼ》んだ襞《ひだ》にとろりとした液を擦りつけられた。コンドームではなくて、使い切りの潤滑剤だったのだと、そこでわかった。

潤滑剤を使って指で佳人の後孔を解しつつ、自らの陰茎にも塗《まぶ》し、上下に扱《しご》き立てているのが、粘膜の擦れるくちゅくちゅという淫猥な音から想像されて、次第に体が滾《たぎ》ってきた。佳人の前も硬くなり、そそり立つ。

佳人の中に入り込み、曲げ伸ばしして内壁を押し広げたり、掻き交ぜたりして慣らしていた二本の指が抜かれ、濡れそぼった襞の中心に硬く肥大した亀頭が押しつけられてくる。

「あ、あっ、ああっ」

先ほどまで指を含まされていた秘部が窄み切ってしまう前に、隙間をこじ開け、押し広げ、ズブズブと雄芯《おしん》が突き入れられてくる。

まんべんなく潤滑剤を施された陰茎は、佳人の濡れた内壁を滑るようにしていっきに付け根まで挿《はい》り込み、奥をズンと突き上げる。

スムーズな挿入と滑りのよさに助けられた抽挿《ちゅうそう》は、佳人の体に与える負担を減らし、痛みや苦しさをほとんど感じさせずに悦楽を与えてくれる。

遥もきつすぎる摩擦がなくて腰を存分に動かせるようで、自らの快感を躊躇《ためら》いなく追いかけられて気持ちがよさそうだ。

勢いのついた素早い抽挿と巧みなグラインドで佳人の中を責め、互いの快感を引き出す。

「ああ、あっ、イイ……すごい、遥さんっ」

途中から声を抑えられなくなり、ドア一枚隔てた向こうは共用の廊下で、あられもない声を誰に聞かれるかわからない恥ずかしさも忘れ、喘ぎまくっていた。

奥を突き上げられるたびに惑乱しそうなほどの悦楽に見舞われ、身をくねらせる。

体の芯が痺れ、全身を雷に打たれたような刺激が駆け抜け、ざあっといっせいに鳥肌が立つ。

佳人は喉を喘がせて嬌声《きょうせい》を放ち、頭を打ち振った。

乱れた髪が汗ばんだ額や首筋に打ちかかり、張りつく。

そのうち肘で体を支えていられなくなって顎から絨毯に突っ伏してしまい、遥の手で支えられた腰だけを高々と掲げた格好で後孔を抉《えぐ》られるという恥ずかしい姿になった。

遥の動きもいよいよ激しさを増し、容赦がなくなった。

ずっ、ずっ、ずっ、と昂《たかぶ》り切った雄芯で狭い筒の内側を擦り立てられ、みるみるうちに性感が高まっていく。

「んんっ、あ、あ、あっ。だめ、イク、あ、いきそう……っ!」

遥も息を上げ、低い呻《うめ》きをときどき洩らす。

その、極まる寸前にしかめったに聞けない淫らな声が、さらに佳人の欲情に火をつける。

「……っ、ああ、俺もイク」

珍しく遥も声に出して告げ、そこからいっきに最後の追い上げをかけてきた。

激しい抽挿に佳人は身を任せ、恥も外聞もなく泣いて叫んで乱れまくった。

ひときわ深く貫かれた直後、遥がピタリと腰の動きを止め、中で精を放つのがわかった。

佳人もまた、前方に顔を突き出して反らせた顎を震わせ、わななく唇の端からよだれをつうっと一筋零《こぼ》しつつ極めた。

射精を伴わないドライ・オーガズムで、おかしくなってしまうほど感じてしまい、目を見開いたまま一瞬意識を飛ばしていたようだ。

遥が佳人の中から己を引き抜き、手足を曲げて横寝の状態で倒れ込んだ佳人の体を、膝の上に抱え上げる。

まだ興奮が冷めていないのは遥も同様らしく、呼吸を荒げたまま唇を合わせ、貪るようなキスを仕掛けてくる。佳人もそれに無心で応えた。唇を吸っては離し、舌を絡ませては唾液を交換して啜り合う。

そうやって徐々に二人して落ち着きを取り戻すと、遥は佳人の髪を優しく愛撫しながら、

「立てるか」

と聞いてきた。

「たぶん」

佳人ははにかみながら答える。視線を上げるとすぐ傍《そば》に遥の端麗《たんれい》な顔があり、こちらをじっと見下ろしている目とぶつかる。そうなると妙に照れくさくて、ずっと見つめていたいのはやまやまだが、すぐに逸らしてしまう。さらには、面映ゆいのをごまかしたくて睫毛《まつげ》を瞬かせ、目を伏せがちにする。

額に被《かぶ》さっている髪を梳《す》き上げられると心地がいい。指で頭皮を撫でられてうっとりする。

「いきなりで、悪かったな」

あらためてそう言われるとよけい恥ずかしさが込み上げ、顔が火照ってくる。どう返事をすればいいのか迷い、結局黙って首を横に振っただけだった。

膝まで下ろされたままになっていたズボンを下着と一緒に足から抜き、はだけたシャツ一枚になる。遥は逆に、ファスナーを開けたままズボンを元通り穿《は》いていた。

「立て。ベッドに行くぞ」

促され、佳人は遥の膝から頭を上げて起き上がる。

先に立ち上がった遥が無言で腕を差し伸べてくれたので、それに摑まって床から腰を上げた。

グイと力強く引っ張り上げられ、立たされる。

「あと一回して風呂に入るくらいの時間はあるだろう」

いかにも禁欲的な、品のいい顔立ちと佇まいをしていながら、遥はあけすけな物言いをする。

そして精力旺盛だ。

円形の、いかにも築三十年以上経つラブホテルに備え付けられていそうなベッドで、遥は服をすべて脱ぎ捨ててから、佳人の上にのし掛かってきた。佳人もベッドに上がる前にシャツを剝《は》ぎ取られていたので、今度は全裸で抱き合うことになる。

互いの体をまさぐり合いながら、キスからまた始める。

「俺はソープみたいなところには行かない主義だ」

唐突に言われ、佳人は虚《きょ》を衝《つ》かれてしまったが、すぐに先ほど佳人が質問して、答えをはぐらかされていた件だと思い至り、遥の妙な律儀さにうっすら微笑む。

「ええ。たぶんそうかなと思っていました」

そう言うと、遥はなぜか心外そうにムッとした表情になり、

「セックス自体は好きだ」

と突っ慳貪《けんどん》な口調で言い足した。

「はい、それも知ってます」

ムキになった遥の態度がだんだん可愛く見えてきて、佳人は笑いを嚙み殺すのに苦労した。ここでクスとでも笑おうものなら、遥の機嫌は最高潮に悪くなるだろう。目に見えるようだ。

遥には余人には計り知れない矜持《きょうじ》があるようで、佳人にもそれは理解不能だが、なるべく尊重したいと心がけてはいる。

「なら、これも覚えておけ」

遥はムスッとしたまま佳人の瞳をひたと見据えてきた。

「俺が好きなのはおまえとのセックスだけだ」

世の中には数知れず人を喜ばせ、感激させる言葉があるに違いないが、佳人にとって遥が口にしたこの言葉ほど今嬉しいものはないと思えた。

＊

二時間休憩してラブホテルをチェックアウトした。

建物の周囲に巡らされた塀の切れた部分から表の道路に出るとき、佳人は入ったとき以上に緊張した。つい今し方まで遥と、猥《みだ》りがわしく繋がり合って悦楽を貪り尽くしていたのだ。その痕跡が体中に残っているのではないか、通りすがりの人が皆、どんないやらしい声を出して遥に縋《すが》っていたか見破るのではないか、などと考えて、兢々《きょうきょう》とする。

遥のように、真っ直ぐ顔を上げて周囲を見渡し、堂々と出て行くことなどとてもできなかった。我ながら卑屈《ひくつ》な感じがしてよけいみっともないと思いはしたが、ホテルの傍を離れるまでは俯《うつむ》きがちになってしまう。

「佳人」

ホテルを出てすぐ左右を見渡した遥が、ふと何か見咎《みとが》めた様子で声をかけてくる。

「今そこに……」

続けて何か言いかけたが、首を回して佳人をチラと見るや、気が変わったように口を噤《つぐ》む。おそらく佳人が何も見ていなかったことに気がついて、言っても無駄だと思ったのだろう。実際、佳人は何も見ていなかった。

ちょうどそこに空車のタクシーが走ってきた。

合図してタクシーを停めた遥に「乗れ。帰るぞ」と促され、先に乗り込んだ。

後から遥も乗ってきて、運転手に行き先を告げる。

「さっき何を言いかけたんですか」

ちょっと気になったので聞いてみたが、遥は「べつにたいしたことじゃない」とすげなくはぐらかし、それ以上この件を引っ張るつもりはなさそうだった。

腑《ふ》に落ちなかったものの、仕方なく佳人もこのことはそれっきりにしておいた。

ホテルでさんざん遥に貫かれて心地よく疲れていたせいか、帰宅するとすぐ眠くなり、朝まで夢も見ずに熟睡した。

翌日はまた茶道教室に行く日だった。

「ずいぶん上達なさいましたね」

一通り薄茶《うすちゃ》点前《てまえ》を披露し終えた佳人に、織《しき》は切れ長の涼やかな目を細め、優美に微笑みながら現段階での出来映えを褒めてくれた。作法自体は完全に頭に入っており、また、体もしっかり覚えてきたようで、次は袱紗《ふくさ》をこうして……などといちいち考えなくても自然と手が動くことが多くなった。形を覚えたら次は心を添わせることに励むわけだが、茶道の本当の教えはここからだ。佳人はようやくスタートラインに立ったようなものである。

この日、朔田は教室に出てこなかった。

稽古日を水曜に固定しての入門で、今まで一度も事前連絡なしに休むことはなかったそうだが、今回初めて無断欠席したらしく、織も「どうなさったのでしょう」ととても心配していた。他の生徒に聞いても、もちろん誰も何も知らないと首を振る。朔田と一番親しいのは佳人で、そもそも他の生徒たちとはほとんど交流がなかったようなので、それも道理だ。そして、その佳人も、何も聞いていなかった。

体調でも崩したのだろうか。平日の昼間は夏希《なつき》も勤めに出ていて不在なので、朔田一人のはずだ。電話の一本も入れられないほど具合が悪くなって倒れているとか、突発的な事故に遭《あ》ったのでは等、頭に浮かんでくるのは悪い想像ばかりだ。

教室が終わるとすぐに電話をかけてみた。

パソコンを使わない朔田は、今時珍しく携帯電話も不所持だ。連絡手段は昔ながらの固定電話のみで、佳人はそちらにかけたが、虚《むな》しくコール音が数回鳴ったあと留守番設定が働いて、用件を録音するようメッセージが流れたため、連絡をくださいと、とりあえず残した。

次に、夏希なら何か知っているのではないかと、彼女の携帯にも電話してみた。だが、夏希はいつもと変わらぬ様子で、佳人からいきなり電話をもらったことに、こんなこと初めてですね、と驚喜しているくらいだったので、これは何も知らないなと直感し、朔田のことにはあえて触れなかった。久しぶりに会った友達と今食事をしているところだ、と言うのを聞いて、さらに確信を深めた。茶道教室を無断で休んだと知れば、さぞかし心配するだろう。

几帳面で、生真面目だと言っていいくらいルールや約束事を遵守《じゅんしゅ》する性格の朔田に、いったい何が起きたのか。

佳人はいよいよ気が気でない心地になり、後片づけをすませるやいなや、「お先に失礼します」と皆に挨拶して教室を飛び出した。

とにかく朔田の家に行ってみよう。

一刻を争う気持ちだったので、駅までタクシーで行くつもりで車の往来が頻繁《ひんぱん》な通りに出ようと急いでいたところ、前方からまさに朔田本人がこちらに向かって歩いてくるのが目に入った。

「朔田さん！」

無事だった。安堵《あんど》がドッと押し寄せて、佳人は喜び勇んで朔田の傍に駆け寄った。

どうしたのかと訝《いぶか》るよりなにより、まずは無事な姿を見られて嬉しかった。

ちょっと様子が変だ、いつもと違う、と気がついたのは、表情がはっきり見て取れる距離まで近づいてからだった。

どうしたんですか、心配したんですよ、何かあったんですか——そうした言葉が頭の中に次々と浮かんできていたが、そのうちのどれも口に出せなかった。

朔田の全身が佳人を拒絶しているのが、向き合った途端、わかったのだ。

まるで憎悪一色のオーラが朔田を包み込んでいるようで、佳人に向けられた猛烈な嫌悪感、不信、怒りといった負の感情に気圧《けお》されそうになる。

端で見ている人がいたなら、佳人の顔から潮が引くように笑顔が消え、顔の筋肉が石膏で固められた仮面のごとく動かなくなったのがわかったに違いない。佳人にも自分の顔がそのくらい強張っている自覚があった。

「ちょっといいか」

相手に対する尊敬はもちろん、気配りも遠慮もなく、ただ自分の意に従わせようとする強引さだけを感じさせる言葉に、佳人は悲しささえ感じた。これまでとはまるで別人だ。先月初めの金曜の夜、夏希に手料理を作らせて、佳人を歓待し上機嫌だった朔田はどこへ消えたのか。今は片鱗《へんりん》すら窺《うかが》えない。

いきなり説明もなく顔を貸せと迫ってきたも同然の朔田の態度は無礼極まりなく、佳人を友人扱いさえしていなかった。本来であれば佳人は言いなりになる必要はなかったのだが、朔田がここまで態度を豹変《ひょうへん》させた訳を聞かずにはいられず、黙って従った。

歩きながら、朔田と知り合ってから今日までの出来事をできる限り細かく反芻《はんすう》してみたのだが、原因はこれだと思えるものには行き当たらなかった。なにしろ、数日前まではなんの問題もなく良好な関係を築けていると信じていたのだ。六月末に商品撮影のため工房を訪ねたときはいつもと全く変わらず、協力的で愛想がよかった。

その翌日と次の土曜は他の工房の撮影に行って、朔田とは会っていない。電話では連絡を取り合っていたが、文字通り何もなかったはずなのに、いったいいつどこで何が朔田の逆鱗《げきりん》に触れたのか、どう考えても思い当たる節がない。何か誤解されているとしか思えなかった。

バスの路線にもなっている大きな通りまで出て、最初に目についたファミレスに朔田は入っていった。店のドアを開けるとき、佳人がついてきているかどうか確認するように振り返ったが、ここでいいかと佳人の意向を確かめる気などさらさらないのは、親しみの欠片《かけら》もない怖い目つきからして明らかだった。

店内は八割方埋まっており、佳人も朔田も煙草は吸わないのだが、喫煙席しか空いていないとのことで、朔田はそれでいいと係に案内させた。

たまたまコーナーの四人掛け用テーブルが空いていて、パーティションと植木で仕切られたその場所は人目につきにくく、大きな声を出さない限り会話の逐一《ちくいち》を隣席の客に聞かれる心配もなさそうだ。煙草の煙だけは防ぎようがなかったが、それさえ我慢すれば、深刻な話をしてもかまわなそうだった。

テーブルについてもしばらくはどちらも黙ったままだった。

係の女性がオーダーを取りに来た際、「コーヒー」と朔田がぶっきらぼうに告げ、佳人は自分もそれで、と軽く頷《うなず》いてみせることですませた。

いつまでも沈黙したままでは埒《らち》が明かない。

佳人は意を決し、自分から話の口火を切った。

「おれ、何か朔田さんを怒らせるようなまねをしたんでしょうか？」

朔田の強張った顔の筋肉がピクリと引き攣《つ》る。佳人の言葉を聞いて、激しい憤懣《ふんまん》があらためて込み上げたのか、みるみるうちに表情が歪《ゆが》み、土探しで日焼けした顔に赤みが増す。

「よくもいけしゃあしゃあと、涼しい顔をしてそんなことが聞けるものだな」

ようやくまともに朔田が喋《しゃべ》った。

かつて佳人に向けられたことのない憎々しげな口調、低く押し殺した声音で、嫌悪と侮蔑《ぶべつ》を感じさせる。気概を持って対応しなければ、心を徹底して傷つけられて立ち直れなくなりそうで、佳人は奥歯をグッと噛みしめた。

「すみませんが、おれには朔田さんがなんの話をされているのかわかりません。さっきからずっと考えているんですが思い当たらないんです」

冷静になれ、決して感情的になるな、と自分に言い聞かせつつ、佳人は穏やかに、落ち着き払った声で真剣に話をした。たとえ朔田が誤解で怒っているのだとしても、それを責めてはおしまいだ。大切なのは自分と朔田の双方に対して誠実であることだと胸に刻み込む。嘘やごまかしは最悪だ。かといって、自分に落ち度がないと胸を張れるのなら、相手の理不尽な態度を受け入れる必要はない。

「思い当たらない？　ああ、確かにあんたは昨夜、下を向いていて僕を見なかったようだから気づかなかったかもしれないな」

「昨夜、ですか」

佳人は一瞬首を傾げたが、直後、閃《ひらめ》いた。

ラブホテルを出た直後、遥が何か言おうとしてやめたときのことがまざまざと脳裡《のうり》に甦《よみがえ》る。見られたのだ。遥と一緒にラブホテルから出てきたところを。

言い訳のしようもないシチュエーションに、佳人は俯くしかなかった。

頭の半分では、だからといって男同士で付き合っていることを、家族同然になってしまっていることを、第三者である朔田にここまで嫌悪され、犯罪でも犯したかのごとく責められるのは間違っている、とも思っていた。

世の中には、自分と異なる性指向の持ち主を徹底して糾弾《きゅうだん》し、排斥したがる人々がいる。けれど、今この瞬間まで、佳人は朔田もまたそうした人々の一人だとは思わなかった。具体的に話題にしたことはないので、あくまでも佳人の想像、もしくは希望的観測でしかなかったが、間違っていたと知ってショックだ。

朔田は確かに四角四面で融通の利かない一面があるが、想像力の豊かさと、型に囚われない自由で挑戦的な発想ができてこそ作り出せる作品群を見ているので、本人の恋愛観ももっと幅広いかと思っていた。

だから、いずれは話すつもりだったのだ。遥の了承を得た上で、折を見て朔田には打ち明けたいと考えていた。それこそ、もてなしを受けた夜にも、まずは一人暮らしではないというところからきちんと答えようとした。隠す気はさらさらなかった。ただ、あのときはタイミングが悪くて、そこに辿り着く前に話を中断せざるを得なかったのだ。

「なにが社長だ。なにが秘書だ。男同士で不倫するような仲なんじゃないか。僕は昨日あんたらをあそこで偶然見かけて目を疑ったよ」

「不倫じゃありません」

佳人は間髪《かんはつ》容《い》れず、きっぱりと否定した。

真っ向から朔田の疑惑に満ちた目を見つめ返す。

「一緒に住んでいます。彼もおれも独身です。今までこんな話にならなかったので、わざわざおれから言いはしませんでしたが、朔田さんに聞かれたら、正直に答えるつもりでした」

「あんた前に渋谷《しぶや》で話したときには、彼女はいない、とはっきり答えたぞ」

「それは……」

佳人はすっかり忘れていて、どんな会話の流れでそう言ったのか思い出すのに冷や汗を掻いた。

落ち着け、と再度胸の内で繰り返す。

「すみません、確かにあのときのおれの返事の仕方は、誤解を誘発するものでした。彼女はいないのかと聞かれたので、彼女はいませんと答えました。嘘はついていません。でも、卑怯《ひきょう》な答え方でした。謝ります」

もしも朔田に、付き合っている人はいるのか、と聞かれていたら、います、と答えただろう。あのときはまだ朔田とそれほど親しくなかった。たくさん話をして、付き合いを深めていったのは、工房に遊びに行ってからだ。あそこで朔田とばったり出会《でくわ》したのがそもそものきっかけだった。いくら佳人が誠実でありたいという信念を持っているとしても、あの場で遥との関係を仄《ほの》めかしはしなかっただろう。いつか打ち明けようと思い始めたのは、お互いをよく知り合って、信頼できる人だと感じられたからこそだ。

「ちょっとおかしいんじゃないかと疑ってはいたんだ」

朔田は冷たい眼差しを佳人に向け、唾棄《だき》するように言う。

「普通、社長が秘書を迎えにくるか？　そもそも僕は社長があんな若くてモデルばりに綺麗《きれい》な男だとは想像してなかった。啞然《あぜん》としたよ」

「あのとき朔田さんが腑に落ちなそうな顔をされていたのは覚えています」

佳人も、ちょっとまずかったかな、と思ってはいたのだ。

しかし、遥を責める気はない。佳人も遥の立場なら、やはりどんな相手と始終会っているのか気にかかる。一目でいいから確かめたいと思うだろう。

もっと早く遥に朔田を紹介すべきだった。そうすれば遥も安心したはずだ。後悔しても始まらないが、自分が悪い、自分の落ち度だと唇を噛みしめる。

「……すみませんでした」

佳人はもう一度、今度は深くこうべを垂れて謝った。

「朔田さんがおれたちのような男同士で恋愛する関係を嫌っていらっしゃるとは気づけませんでした。不愉快なお気持ちにさせて……」

「そうじゃない」

朔田が怒った声で佳人の話を遮《さえぎ》る。

自分をそんな狭量《きょうりょう》な男だと思われるのは心外だ——不満を露《あらわ》にした眼差しが言っていた。

佳人はまたわからなくなってしまい、困惑する。そういう話をしていたのではなかったのか。

朔田は心を落ち着かせようとしてか、手元に置かれていたコーヒーを一口飲んだ。

オーダーしてすぐに届けられたコーヒーは少し冷めていた。指でカップを撫でればわかる。案の定、朔田は微妙な表情をチラリと浮かべ、カップをソーサーごと脇に押しやった。

「僕があんたを許せないのは、夏希に期待を持たせるようなことをしたからだ」

えっ、と今度こそ佳人は意表を衝かれ、目を瞠《みは》って言葉を失った。

口に出すことで怒りがむくむくと増幅しだしたのか、朔田は憎悪と軽蔑を容赦ない言葉に代えて佳人にぶつけてきた。

「あんたは夏希が自分に好意を持っているのを承知であいつの気持ちを弄《もてあそ》んだんだ」

「まさか。おれは何も恋愛感情を匂わせるような言動はしていません」

「あいつの気持ちに本気で気づいていなかったと言うつもりか？」

そう追求されると、佳人は返事に詰まる。

まったく気がつかなかったかと言われると、さすがにそれは嘘だと自分でも思う。なんとなく、もしかして、程度には感づいていた。だが、夏希のほうからはっきりと告白されたわけではないし、実際のところ、二人の付き合いは仲のいい友達の枠を超えてはいなかった。二人きりで夜遅くまで一緒にいたことはないし、デートだという認識で同じ車に乗っていたわけでもない。あくまでも佳人はビジネスが根底にあって夏希と行動を共にしていた。最初にそれを勧めたのは、他ならぬ朔田自身だ。

「気づいていたのなら、弄んだのと同義だ」

それは違う、と反論したかったが、その前に朔田がさらに畳みかけてきたので、機を逃した。

「平日の夜から怪しげな場所に出入りして、人に言えないようなまねをしているやつが信用できるか。不倫じゃない？　フン、あの男前の社長はゲイなのか？　本当は家に奥さんがいるんだろう。だからあんたとはホテルで会っていたんだろうが。要するに、あんたにはあんたの打算があったんだ。夏希と結婚して世間の目をごまかした上で、あの社長との不倫を続ける。だから夏希に優しくしたし、惚れさせてほくそ笑んでいたんだ。どうせこっちに持ちかけてきた販売代行のビジネス計画も、僕にいい印象を与えて夏希との結婚を認めさせたかったからだろう。こっちのほうがちゃんと筋が通っているぞ。違うか」

「筋が通ればそれが唯一無二の真実だと決めつけるんですか」

次第に佳人まで気持ちが昂《たかぶ》ってきて、声が微《かす》かに震えるようになった。

「おれは嘘はついてません。社長とは、遥さんとはお互い将来を誓って共に住んでいる仲です。おれたちの間で世間体が問題になったことなんか一度もない。朔田さんのおかげではっきりとした形にすることができたビジネス計画は、あくまでもビジネスです。半端な気持ちでいろいろ動いてきたわけじゃない、それだけは信じてください」

「ああ、そうだ、先に言っておくべきだったよ」

朔田は傍《かたわ》らに置いた布製の手提げ鞄《かばん》を開け、クリアファイルに挟まれた見覚えのある書類の束をテーブルの上にバサッと投げやった。

佳人が作成し、渡しておいた、様々な資料や契約書のたたき台が一纏めにされたものだ。それを突き返してくるということは、すべて白紙に戻すつもりなのか。

「待ってください」

さすがに佳人は平静ではいられず、食い下がった。

夏希とのことは、いわばお互いの認識のずれが原因で起きたすれ違いだ。佳人はいい友人だと思って付き合っていたが、彼女のほうはいつの間にか恋愛感情にまで発展させていて、佳人もそうだと思って期待した。それを一方的に弄んだと言われ、直接的にはなんの関係もないビジネスにまで私情を持ち込まれてはたまったものではない。

はいそうですかと引き下がるわけにはいかなかった。

「お願いします、どうか退かないでください。今さらそんなことをされたら困ります」

なりふりかまっていられず、佳人は下手に出た。

自分は悪くない、理性ではそう思っていても、相手が感情で押してくる以上、理性で説得するのは困難だ。こちらも感情に訴えたほうが早い。

しかし、一度感情を害した朔田は頑《かたく》なで、聞く耳を持たなかった。

「僕はやらないが、あんたのビジネスを邪魔する気はない。そんなことをすれば自分が自分で嫌になりそうだからな。賛同してくれている他の三人さえきっちり摑んでいれば、支障はないだろう。僕も彼らにはよけいな話はしない。あんたがゲイだろうと男と同棲していようと、夏希さえかかわっていなければ、そもそもなんの関係もないことだからな」

「朔田さんの器がきっかけなんです」

それでも佳人はまだ諦めなかった。

「他の方々がいくら賛同してくださっても、朔田さんの作品を預からせていただけないのなら、おれがこの事業を立ち上げる意味がない。そう思っています」

一瞬、朔田の目がハッとしたように見開かれたが、ただそれだけだった。厳しい表情で、唇を真一文字に引き結び、翻意《ほんい》する気配は微塵《みじん》もない。

「考え直していただけませんか。どうか、お願いします」

佳人は額がテーブルにつくほど頭を下げて訴えた。

「……僕のことは、気にする必要はない」

ボソリと朔田が冷ややかな言葉を吐く。

「あの三人の作品だけでも十分だ。陶芸好きの顧客は、きっと喜ぶだろう。僕だって誰かがあんな販売システムを始めてくれたらありがたいと思う。たいてい辺鄙《へんぴ》な場所にあるそれぞれの工房を訪ねることなく、家に居ながらにして欲しい品物が見つけられて購入できるんだ。僕は退くが、あんたはせっかくここまで進めてきた計画を擲《なげう》つな。そのくらいのプライドはあるんだろう？」

「もちろん、あります」

佳人は毅然《きぜん》として言い切った。

「だったら話はもう終わりだ」

「待ってください！　まだ何も話していません……！」

言い逃げされてはたまらなかった。佳人は何一つ納得していない。

夏希のことも、ビジネスの話も。

「誤解です。おれは夏希さんにちゃんと自分のプライベートを話しておくべきでした。それは認めます。でも……」

「話は終わりだと言っただろう」

朔田は苛立ちを含んだ棘《とげ》のある声で語気荒く断じると、レシートを摑んで立ち上がった。

「茶道教室で会っても、もう話しかけないでくれ。いや、それより僕はもう辞める。それから、二度と夏希には近づくな。電話もするな。したらただではおかない」

最後に朔田は佳人にそんな言葉を投げつけると、脇目も振らずにテーブルを離れ、レジをすませて出ていった。

佳人は椅子から立つこともできず、茫然《ぼうぜん》と見送るしかなかった。

*

「今夜は風が気持ちいいから、月見台でちょっとやろう」

遥は佳人の顔を見るなり、いきなり言い出した。

ファミレスで朔田に絶縁を示唆《しさ》する言葉を浴びせられ、衝撃を受けた気持ちを結局完全には立ち直らせることができず、玄関を開ける間際まで落ち込んでいた佳人は、とてもそんな気分ではなくて戸惑った。

少しでも気を抜けばあっというまに消沈し切った暗い顔になりそうなところを、なんとか必死で取り繕って笑顔を張りつけているつもりだが、遥にはとうに見破られているのかもしれない。

その前に風呂に入ってこいと言われ、遥と月見台で向き合うまでに心の整理をつけておかなくてはと思い、いつもより時間をかけて入浴した。

風呂から上がると、いつのまにか脱衣所に浴衣《ゆかた》が置かれていた。

佳人は素肌に直接浴衣一枚だけを身につけると、髪をざっと乾かして、台所を覗いた。

遥はそこにはおらず、佳人は次に月見台に行ってみた。

応接室から入側縁《いりがわえん》に出て真っ直ぐ進むと、突き当たりに月見台が見える。

入側縁を照らす天井灯が、月見台の端の方まで伸びているが、そこから先は薄暗い。庭には常夜灯がついているが、月見台の真下あたりはほぼ真っ暗のはずだ。

月見台に近づいていくと、遥の背中が見えた。

佳人に合わせて浴衣に着替えており、い草の座布団を尻に敷いて胡座《あぐら》をかいている。

傍らには火のついた蠟燭《ろうそく》を入れた手行灯《てあんどん》が置かれていて、ゆらゆらと揺れる明かりがいつにもまして幽玄な雰囲気を作り出している。軒下にもう一つ、風流な細工が施された電気行灯が吊り下げられているが、今夜はそれは消されたままだった。

「暗すぎはしませんか」

入側縁から一段下がって月見台の床を素足で踏む。

ギシッと微かに軋《きし》む音がして、遥がおもむろに首を回して振り返る。

「たまにはいいだろう」

座れ、と遥の横合いにもう一つ用意されている座布団に向かって顎をしゃくられ、佳人は遥の後ろを回って歩み寄り、いつものとおり正座した。

「お茶を習うとき、これだけは苦労せずにすんでいるな、とおれが痛感するのがこの正座です」

「ああ。香西《こうざい》の親分さんの本邸も見事な和風建築だったな」

佳人の口からはなかなか出しづらい香西の名を、遥がなんの含みもないさばさばした調子で言ってくれるのがありがたい。以前は遥もう少し香西に対して穏やかでない気持ちを抱いているようだったが、佳人を香西の許から身請《みう》けして早二年以上にもなると、それも自然と薄れたらしい。今は相思の仲になっていることが、なにより遥の自信と自負に繋がっているのだろう。お茶を習えと勧めてくれたことからも明らかだ。

遥は珍しく瓶ビールを開けていた。

盆の上に伏せてあった小振りのビアグラスを佳人に取らせ、注いでくれる。

遥のグラスもほぼ空いていたので、遥が残りを飲み干すのを待って、今度は佳人が冷えたビール瓶を手に持ち、遥のグラスを満たした。

カチリとグラスを軽く合わせ、口をつける。

つまみに用意されているのはベビーホタテの酒蒸しと、定番の枝豆だ。佳人が風呂に入っていた間にサッと作ったらしい。

「今日は暑かったな」

ビールを飲みながら、互いに暗い庭を見るともなく眺め、ぽつりぽつりと言葉を交わす。

今夜は月も見えない。

ユラッと蠟燭の火が行灯の中で揺れると、影も動く。

すぐ傍にいるのに明かりが小さすぎて互いの顔もよく見えない。

だが、今夜に限っては、それが佳人にはとてもありがたかった。

おそらく遥は、茶道教室だけにしては遅い、朔田とどこかに寄ってきたにしては早すぎる、という中途半端な時間に帰宅した佳人の顔を見て、即座に何かあったなとピンときたのだろう。どれほどがんばって取り繕おうとしても、遥の目だけはごまかせないのだ。そのことを痛感する。

佳人が何かで悩んでいても、遥は基本、自分からは何も聞いてこない。佳人のほうから相談に乗ってほしいと頼むなら、いつでも聞いてやる、というスタンスだ。

何かあったかと聞いてはこないが、やはり、気にはなるらしい。それで、こうやって月見台に誘い、酒を酌《く》み交わしながら傍にいてくれるのだ。

言葉を交わさずとも相手が何を思い、どんな気持ちでいるのか、そこはかとなくわかり、通じ合っている。

佳人にとって遥はあらゆる意味において最高のパートナーだ。

かけがえのない存在で、遥以上に自分が好きになる相手は、生涯現れないと思っている。

今後もし誰かが佳人を好きになってくれたとしても、応えることなど想像もつかない。

佳人は遥の傍らで静かにビールを飲みながら、朔田との遣《や》り取りを一つ一つ反芻し、考えに考えた末、心を決めた。

――近いうちに夏希と連絡を取ろう。

朔田にはもう会わないでくれと言われたが、やはり、このまま放り出すわけにはいかない。もし佳人の態度が思わせぶりで、夏希を意図せずして期待させ、言いようによっては騙《だま》しさえしたことになるのだとしたら、やはり謝らなくてはいけない。

佳人は友達として夏希が好きだ。軽井沢《かるいざわ》までの長距離ドライブは夏希が同行してくれたおかげで運転に退屈せずにすみ、ありがたかった。人として夏希を尊敬しているし、目的のためにずっと努力し続けてきたところには、刺激を受けてもいる。夏希ががんばっているのだから自分も負けずにがんばろう、そんなふうに思えるのだ。この感覚は、遥にも貴史にも、むろん東原《ひがしはら》にも感じたことのない、初めての仲間意識だ。

できれば今後もいい関係でいたかった。それが無理なら、せめて傷つけたことを謝ってから距離を置くことにしたい。そうでなければずっと後悔を引きずりそうだ。

さらに言えば、朔田ともまだ佳人はきちんと終われていなかった。今日のあれは、あまりにも朔田が一方的すぎたと思う。朔田は茶道教室も辞めると言っていたが、そんなばかげた話はない。一時の感情ですべて台無しにしてしまうなど、どれだけ無益で虚しいことか、ちょっと冷静になりさえすれば明白なはずだ。

夏希と朔田、筋から行けば先にもう一度朔田と話をするべきだろう。

今日あれだけ怒っていてとりつく島もなかったことを思い返すと、正直、気が重い。しかし、避けて通るほうが楽だったとしても、それでは佳人の矜持が納得しなかった。

「遥さん」

佳人は遥の空いたグラスに最後の一杯を注ぎつつ、控えめな口調で話しかけた。

「なんだ」

遥はいつもと変わらぬぶっきらぼうさで話の先を促す。

グッとビールを呷《あお》る様に妙な色気を感じるのは、浴衣一枚という無防備な姿だからだろうか。反らされた顎の先から首すじにかけてのラインの美しさと、ビールを嚥下《えんか》するとき尖った喉仏が上下するどこか淫靡《いんび》な動きに魅《み》せられる。

粗野な部分と、本人がどれほど否定しようが隠しおおせようのない上質さと優雅さ、両方がバランスよく収まり合ったところが、遥の最大の魅力だと佳人は感じる。

「おれも遥さんと同じです」

どんな順番で話せばいいのか迷いつつ、佳人はとにかく伝えなければという一心でぎこちなく切り出した。

「いつでも抱かれたいと思うし、遥さんに触りたい欲求が尽きません。昨日ホテルに入ったのも合意の下でした。遥さん一人が羽目を外したわけじゃない。誘われてなかったらおれから誘っていたかもしれません」

「やっぱり朔田に昨夜のことで何か言われたんだな？」

思ったとおり遥は全部把握していた。

遥は胡座を崩して片膝を立てると、膝の上で肘を突き、微風に軽く揺らされていた前髪をざっくりと掻き上げた。

「ホテルを出たところで、十メートルあまり離れてはいたが見覚えのある顔を見た気がして、そうじゃないかと思っていた。あのときはすぐ通行人の陰に隠れて見えなくなったし、俺も一度しか会ってない相手だったから自信がなくてはっきり言わなかった。俺が気がついたとき、明らかに俺たちを凝視していた感じで、まぁ、ぶっちゃけいい印象を受けなかったんで、その後も気になってはいたんだが」

それに加えて、毎週水曜日に茶道教室で朔田と会うこと、帰りが微妙な時間だったことを考え合わせ、さらには帰宅時の佳人の様子に違和感を覚えたことから、概《おおむ》ね何があったか察していたようだ。

「帰ってきたおまえが無理をして元気を出そうとしているのが見え見えだったから、もしやと思っていた」

「え、おれ、そんなに……でしたか」

精一杯平静を装ったつもりが、いとも簡単に看破《かんぱ》されていたとは恥ずかしすぎる。佳人は酸っぱいものを嚙んだときのような顰《しか》めっ面《つら》をして納得いかなそうにする。

遥はフッと笑うと、からかうような視線を佳人にくれた。

「少なくとも俺に隠し事は難しいだろう。せめて俺の前ではよけいな気を遣わずに感情を晒《さら》せばいいものを、この意地っ張りめ、と思った」

「遥さんの前では、できるだけいい顔だけを見せたいんですよ。おれの、なけなしのプライドです。今までさんざん恥ずかしい姿を見られてきたから」

「それはお互い様だ」

遥は切って捨てるように言う。

「そんなことを言ったら、俺なんか最低だぞ。縛られて吊されて、自力では逃げ出すこともできずにいるところをおまえと執行《しぎょう》に見られたんだからな」

「ありましたね、そんなことも」

遥のメンツを潰さないように、今の今まで忘れ去っていたふうを装ったが、あのときほど焦り、心配したことはない。その後も大変苦悩することになった大きな事件が起きたが、焦りや心配という意味では、遥の拉致監禁事件より大変だったことは今のところまだない。生きた心地がしないほど気を揉まされた、どうにかなってしまいそうだった、という状況を現実に味わわされたのは、後にも先にもあのとき限りだ。

「おまえは情の深い、いい男だ」

遥は表情を引き締めて真面目な口調になる。

「実のところ、俺は昨晩の行動に関して、いささか軽率すぎたかと責任を感じていた。朔田におかしなふうに思われたらビジネスもやりにくくなる。影響は少なからず出るだろう。土日返上で身を粉《こ》にして駆けずり回ってきたおまえの熱の入れようを思えば、ここは俺が朔田と会って話したほうがいいのかと考えていたところだ」

「はい。きっと遥さんはそう感じているんじゃないかと思ってました」

だから、はじめに、ホテルに入ったのは遥だけが望んだからではない、という話をしたのだ。

「結論から言うと、今ここで遥さんに頼るのは、おれ自身が卑怯者になる気がするし、甘えすぎだと思うので、気持ちだけ受けとらせていただきたいんです」

「俺はかまわん。おまえがそのつもりなら、よけいな世話を焼く気はない」

遥は迷うことなく言い切った。

眇《すが》めた目で真意を探るように佳人を見つめ、やがて何事か得心《とくしん》したように一つ頷く。

「その分なら本当に大丈夫そうだな。いい顔をしている」

「影のせいじゃないですか」

面と向かって褒められると気恥ずかしくて、佳人はわざと戯《ざ》れ言に紛れさせて流そうとした。

「ここ、こんなに暗いですし」

「暗いからお互い普段よりは素直になって喋っているんだろう」

確かに遥の言うとおりだ。

佳人はありがたい気持ちで手行灯を見た。

遥がやおら立ち上がる。浴衣の裾をサッと直す仕草が様になっていて粋《いき》だ。

「もうお休みですか」

「いや。一仕事残っている」

「何か手伝えることがありますか」

「コーヒーを淹《い》れてくれ」

淡々と言って、遥はさっさと入側縁を歩いていく。

佳人は酒盛りの後片づけをすると、手行灯の中の蠟燭の芯を指で摘《つま》み、火を消した。

*

朔田にもう一度当たるなら早いほうがいい。

ファミレスでの佳人に対する態度、投げつけてきた言葉を思い出すと腰が退けそうになるが、このままにはしておけないという意思が弱気に勝ち、翌日の夜、思い切って電話した。

夜八時前だった。このくらいの時間なら食後に茶の間で寛いでいるだろうと見当をつけ、どうか出てくれと祈る気持ちでコール音を数えた。

電話をかける前から友好的な対応はまったく期待していなかったので、出てくれたとしても緊張する。どちらかと言えば肝が据わっていると評されるほうだが、今度ばかりは動悸と震えがなかなか治まらず、息苦しさに眩暈《めまい》がしそうだ。

それだけ自分はビジネス立ち上げにのめり込んでいたんだなと思うのと同時に、仕事を抜きにしたとしても、こんな不本意な形で朔田との関係が壊れるのは嫌だという気持ちが己の中に強くあることを知らされた。

とにかく話がしたい。腰を据えて互いに腹の中を晒し合い、納得がいくまで話してからでなければ、突然一方的に言い渡された絶交を受け入れられない。

その結果、やはり関係修復は不可能だと思えれば、佳人も潔《いさぎよ》く諦める。なにも無理やり朔田に付き纏いたいわけではなかった。

五つ目のコール音が途切れた。

ハッとして携帯電話を耳にしっかり押し当て直す。

『もしもし?』

応対したのは夏希だった。

もちろんその可能性も頭に入れていたので、佳人は動揺せずに一拍間を置いて心を落ち着かせ、「久保《くぼ》です」と名乗った。

電話の向こうで夏希が息を呑む。絶句し、当惑する様が目に浮かぶ。

夏希にも言葉をかけたほうがいいだろうかとちょっと悩んだが、この反応からすると、すでに朔田から一通り話を聞いているのが明らかだったので、やめておくことにする。昨日、携帯電話にかけて話したときとはまるで様子が違う。持ち前の朗《ほが》らかさや屈託のなさは片鱗も感じられなかった。

「お兄さん、ご在宅ですか」

いささかよそよそしくなってしまって申し訳なかったが、今は頓着《とんちゃく》している余裕がない。

朔田と代わってほしいと頼んだものの、夏希はしばらく押し黙ったまま返事をせず、激しく逡巡しているようなのが、微かに聞こえてきた不安定な息遣いから察せられた。

「もしもし、夏希さん？」

あまりにも沈黙が長かったので、心配になってきた。

具合でも悪いのかと聞こうとしたとき、意を決したような気負った印象の声でようやく返事があった。いったん口を開くと、佳人が相槌《あいづち》を打つ暇もないくらい立て続けに喋る。

『今、お風呂に入ってます。でも、かけ直してもらっても佳人さんからの電話にはたぶん出ないと思います。私にも、今後いっさいかかわるなと昨日強く言いました。どうしてそんなことを急に言い出したのかも聞いてます。私自身は兄の言葉を百パーセント信じているわけじゃありませんけど』

「それなら、夏希さんはおれと話せますか」

佳人は夏希が一息入れたときを逃さず、急いで言葉を差し挟んだ。

それに対する夏希の反応は早かった。

どうやら朔田が風呂場から出てきた物音でも聞こえたらしく、佳人と話していることがバレたらまずいと慌てたようだ。

『明日の夜、うちの会社の隣にある商業ビル六階の喫茶店に来てもらえますか。六時半くらいに』

「わかりました。行きます」

夏希が会って話をすることを承知してくれた。朔田には内緒にするつもりだろう。血の繋がった兄の言うことを鵜呑《うの》みにするのではなく、佳人の話にも耳を傾けようとする公平さと勇気に感謝の気持ちが湧いてくる。

『じゃあ、そういうことで。すみません、切ります』

切ります、と言った次の瞬間にはもう切れていた。

翌日、佳人は指定された喫茶店で夏希と会った。

手料理でもてなしてもらった夜から一月半近く経つ。その後も何度か会っているのだが、気持ちの上での隔たりが二人の間に溝を作ったのか、もうずいぶん顔を合わせていなかったような気がする。

それでも、佳人が想像していたほどには、向き合ってもぎくしゃくしなかった。お互い緊張していたのは最初だけで、しばらくすると、夏希のほうから「実はね」と、それまでとさして変わらない適度に打ち解けた喋り方で率直な話を聞かされた。

「これは期待しても無理だって、私、途中からわかってた気がするんです。具体的には、軽井沢に行ったときかな。佳人さんは優しくて一緒にいると楽しいけど、あくまでも友達としてしか私を見てくれてないなって感じてました」

「ごめんね。おれ、本当に何も考えていなかった」

佳人は己の鈍感さ、ビジネスのことしか頭になかった身勝手さを心底恥じて、夏希に謝った。夏希に期待させて裏切った——朔田が詰《なじ》ったのも当然だと、今になってようやく悟る。あのとき佳人はなんの心構えもなしに朔田と向き合い、いっきにあれもこれも突きつけられて糾弾されたため、混乱して頭がうまく回っていなかったようだ。

「ううん、べつに佳人さんが謝る必要はないですよ」

見た感じ、夏希はそれほど落ち込んでいるようではなかった。わかっていた、というのは本当なのだろう。

「そもそも、佳人さんと私をくっつけようとしていたのは兄なんですよ。兄は茶道教室で佳人さんを初めて見たときから絶賛してたんですよ。立ち居振る舞いが洗練されていて、とても素人《しろうと》には思えない、男なのにあんな清々しい麗人《れいじん》には会ったことがないって、滔々《とうとう》と私に語るんです。よっぽど佳人さんの存在が印象的で、気に入ったみたいです」

それで二回目に顔を合わせたとき、帰り道で思い切って佳人に話しかけたらしい。

「話してみて、ますますいい感触を受けたと喜んでいました。なんだかもう、いっそ自慢げで。

おまけにその後、佳人さんと偶然渋谷で会ってプライベートな話をちょっとしたとき、彼女はいないと佳人さんがおっしゃったのを聞いて、もうこれは天の采配だと叫びたくなるくらい興奮したそうなんです」

「そこまでおれを気に入ってくださっていたとは知りませんでした。ちょっと、戸惑ってます。嬉しいんですけど、買い被られているようで、むしろ申し訳なさのほうが先に立つというか」

佳人は当惑気味に睫毛を瞬かせた。

兄の性格をよく知る夏希は、神妙に頷き、歯に衣《きぬ》着せずにずけずけと言う。

「ちょっと思い込みの激しいところがあるんですよ。あ、でも、佳人さんに対する評価というか、心酔ぶりは、実際お目にかかって、まさしく、と私も納得しました。こんな人に彼女がいないわけないだろうって、兄にも言ったんです。だけど、兄は、本人の口からはっきり聞いた、現に土曜日も男友達と観劇なんかしていて暇そうだった、って言い張って」

「暇そう、って言われちゃいましたか」

こんなときにいささか緊迫感に欠けたかもしれないが、佳人は思わず苦笑した。

「おれ、男の人と付き合ってるんです。あ、その観劇を一緒にしていた人じゃなくて別の人なんですけど……って、夏希さんもきっともうご存じですよね」

「はい。兄から聞きました」

夏希は俯きがちになって返事をする。

「男同士で付き合っていることを頑なに秘密にしたいわけではないんですが、打ち明けるにしても誰にでもというわけにはいきません。あのときは、まだおれも朔田さんをそこまでよく知らなかったので、あんな返事の仕方をしてしまいました」

「騙すつもりはなかった、そうなんですよね？」

「ええ。でも、結果的には騙すことになりました。その可能性が十分あると知っていて、おれは言いました。朔田さんが怒るのも無理はありません」

糾弾されたときにはとにかく否定するのに必死で、嘘はついていないと朔田に訴えたが、冷静になって考えてみると、やはり、落ち度は佳人のほうにあったと言わざるを得ない。その点に関してはどれだけ詰られても甘んじて受けるしかないと、あれから考えを改めた。

「もう、いいですよ」

夏希の表情はひどく複雑そうではあったが、口調はさばさばしていた。特に無理をしている様子も窺えない。

「私も兄も悪いんです。勝手に盛り上がって、かなり強引に親しくさせてもらって。そのくせ、肝心なことはずっと確かめずに来たんですから。それで騙されたって騒ぐ兄も兄です。大人げない。たぶん、私たち、佳人さんの気持ちをはっきり聞くのがまだ怖かったんですよね。確かに私は……そのう、佳人さんのこと……好きでしたし、今も気持ちの整理はついてないんですけど、もし私がはっきり打ち明けていたら、佳人さんは丁重に断ってくださったと思うんです。なので私は、兄が言うように、弄ばれたとかそんなふうには全然感じてないし、そもそもそんなふうに考える兄のほうがおかしいんですから、佳人さんももう気にしないでください」

「わかりました。夏希さん、ありがとう」

夏希の言葉は佳人の胸に響いた。こんなふうに言ってもらえて、本当にありがたく、嬉しかった。気持ちがかなり軽くなり、楽にもなれた。

問題は、朔田だ。

夏希とはきちんとわかり合えた感触を得られたが、果たして朔田とも話して凝《しこ》りをなくすことができるだろうか。

「ごめんなさい。それは今すぐには無理だと思う」

申し訳なさそうな顔をしながらも、夏希の返事ははっきりしていた。

「兄は基本的には穏やかで心根の優しい人間なんですが、一度怒ると結構尾を引くタイプで、頑固というか、人の話を聞かないというか。思い込みが激しいので、坊主憎けりゃ袈裟《けさ》まで憎いで、いっきに全部ダメになるようなんです。そうなるともう手に負えなくて」

「ネット通販の話、やっぱり難しいでしょうか」

「たぶん」

夏希も残念でたまらなそうな顔をする。朔田にとってはいいこと尽くしの話だと喜んでくれていたので、自分のことが原因でそれがだめになるのが悔しくて仕方ないようだ。

「感情を抑えて損得を考えるということが昔から苦手なんですよ。そういうところ、芸術家っぽいなぁと思いはするんですが。もっと多くの人に作品を知ってもらえれば、陶芸家としてステップアップできるだろうし、経済的にも楽になるかもしれないのに、意地を優先させるんですよ、いつも。死んだ母も兄の世渡り下手を心配してました」

いったん朔田の不信を買った以上、佳人からどれだけアプローチしようとしても、頑《がん》として受け入れないだろうと夏希は断言する。

「どうしても、とおっしゃってくださるなら、ほとぼりが冷めるのを待つしかないです。兄のほうから折れない限り、気を変えさせるのは無理だと思っていただいたほうが」

それでも、できれば自分も協力したい、と夏希は言い添えてくれた。

「今後は兄の目があるので、前みたいに頻繁にはお会いできないと思いますが、ご迷惑でなかったらメールでお話しさせてください。万一兄の気が変わるとか、事態が進展する気配がありそうなときは必ずお知らせしますね」

「ありがとうございます。メール、ぜひ。おれも何かあったらお知らせします」

「私、佳人さんのブログも楽しみにしてるんですよ」

「えっ、それは嬉しいような恥ずかしいような。照れくさいです」

「ブログって、日記とかだと特にその方の人柄が出ちゃうじゃないですか。佳人さんのブログ、更新は少ないけど、私好きです。心の籠《こ》もった文章だから、読んでいて気持ちがいいんだと思いますよ。あれ見て、私もブログで日記をつけようかなという気になりました」

「本当ですか。始めたら知らせてくださいね。見に行きますから」

「ブログといえば、兄は西野《にしの》さんに出し抜かれたってまだブツブツ言ってるんですよ」

陶芸家仲間の話が出たことで、佳人はふと一人だけまだはっきりとした返事をもらえずにいる作家のことを思い出す。

彼の作品がまた繊細で艶やかで色気があり、他では見られない味があるのだ。

やはり、諦めるのは惜しい。朔田が抜ける穴を埋める必要性が出てきたことも相まって、佳人はこれから全力で説得してみようと決意した。

「今日は夏希さんに会えて、話ができて、本当によかったです。おかげで明日からまた気持ちを切り替えて仕事に励もうという気力が湧きました」

「がんばってくださいね。私も自分の夢を実現させるために引き続きがんばります。やれることを片っ端からやっていたら、道は自然と拓《ひら》けますすよ。私、何度もその経験してるんです。もちろん失敗して痛い目に遭ったこともありますけど」

夏希は屈託なく言うと、左手首に嵌めた時計を見て、あっ、と慌てたように声を上げた。

「すみません、私、このあと仲良しグループの友達と合流してカラオケに行く約束しているんです。もう行かないと」

「どうぞ、このまま行ってください。今日は本当にありがとうございました。無理言って会ってもらってすみませんでした」

「いえ、私こそ。いろいろすっきりできて、よかったです」

コーヒー代は結構ですと言うと、夏希は素直にお礼を言って財布を引っ込めた。

バタバタと足早に喫茶店を出て行く夏希をレジに立って見送る。

朔田との関係は瓦解《がかい》したままで、当面佳人にできることはなさそうだが、いつかまた親しく話せる時が来る気がしてならない。

それもそう先の話ではない予感がするのは、佳人が身の程知らずで、現状をきちんと受けとめていないせいだろうか。

不意に、ファミレスで朔田が見せた、ハッとして目を見開いたときの表情が脳裡に浮かぶ。

なぜかこの顔が佳人の記憶に刻み込まれていて、ずっと頭を離れない。

作家物の器を専門に扱うネットショップの立ち上げを計画したきっかけは、朔田の器だと佳人が熱を籠めて訴えたとき、何かしら朔田の気持ちを揺さぶるものがありはしたのだ。

朔田には何も諦めてほしくない。

そうだ、茶道教室もだ、と思い出し、佳人は喫茶店を出てすぐ織に電話をかけた。

「夜分遅く申し訳ありません。久保です。織先生、大変急なお願いなのですが……」

佳人の不躾《ぶしつけ》な頼みを、織は快く引き受けてくれた。

『わかりました。それでは朔田さんには私のほうからそのようにお伝えいたします。佳人さんは今後、月曜日か金曜日かのどちらかに稽古にお見えになるということで、承知いたしました』

こうすれば朔田が茶道を辞める理由はなくなるだろう。

水曜日を避けて他の曜日に稽古に行くくらい、佳人には負担でもなんでもない。

きっと遥は佳人がそんなふうに変える理由をすぐに察し、いかにも佳人が考えそうなことだとうっすら笑うだろう。

その顔が早くも目に浮かび、つられて佳人まで口元を緩めていた。

4

香取《かとり》市の郊外に工房を構える名嘉晋次朗《なかしんじろう》という陶芸家は、朔田が紹介してくれた四人のうちただ一人四十代だ。ほかの三人はだいたい朔田と同じくらいの年齢で、違ってもせいぜい二つか三つ上下にずれるだけだが、名嘉は四十八歳と、一回り以上も違う。朔田は仲間たち四人と自分を合わせて、「売れない若手陶芸家五人衆だよ」などと自虐《じぎゃく》混じりに笑っていたが、初めて夏希と一緒に名嘉の工房を訪ねたとき、資料には記載されていなかった名嘉の年齢を夏希から聞いて、四十八で若手なのかと陶芸の世界の奥深さに思いを馳《は》せたものだ。

その名嘉だが、朔田まで入れた五人の中で一番変わっている。

まるで漬け物石に話しかけているみたいだ、と失礼ながら思うほど反応がなく、佳人は名嘉と会って心底疲弊《ひへい》した。クセが強いのも過ぎれば、冗談でなく対処法がわからない。向き合っていながらここまで意思の疎通を感じられなかった相手は初めてだ。

夏希によれば、普段はもう少しまともに喋ってくれるらしいのだが、よほど佳人が嫌われたのか、ビジネスの話が気に入らなかったのか、まさに暖簾《のれん》に腕押し、糠《ぬか》に釘、ウンともスンとも言ってもらえず、尻尾を巻いて逃げてきたも同然の情けない顔合わせだった。

最初に名嘉を訪ねたのは五月の下旬だった。

名嘉の態度があんな感じだったので、佳人も腰が重く、資料だけ渡して連絡を待っていますと言って引き揚げたきり、こちらから接触はしていなかった。

言い訳になってしまうが、他にもすることが山積みで、向き合っても、また二時間黙りこくって睨まれるだけかと思うと、つい後回し、後回しになっていたのだ。

今さら名嘉に擦り寄るというのもはなはだ恥知らずで厚かましい気がしたが、遥を見ているとビジネスにそれは不可欠なときもあり、いざとなったら地べたを這いずり回ってでも目的のために努力するもので、見栄《みえ》やプライドを捨て切れないようでは真の経営者にはなれないのだと常々実感しているだけに、ここは一つ腹を括《くく》る決意をした。

二ヶ月も放置しておきながらなんの用だ、と冷ややかに言われようが、朔田に逃げられて困ったものだから頭を下げに来るとは厚顔無恥《こうがんむち》も甚《はなは》だしいと怒鳴りつけられようが、当たって砕ける覚悟で名嘉と久々に連絡を取った。

電話をかけて、ご無沙汰しております、と一般的な手順に則《のっと》って挨拶から入ったら、たちまち切られそうな気配になったので、慌てて、

「明日の午後、伺ってもよろしいでしょうか」

と、用件だけをとにかく口にした。それがもう精一杯だった。

名嘉は三秒ほど沈黙し、ガシャリと電話を切った。

このときほどツー、ツー、ツーの音がせつなく聞こえたことはなかった気がする。

それでも、来るなとは言われなかったと前向きに解釈し、土曜日、手土産に佳人自身も好きな豆大福を持って、千葉まで車を走らせた。

前日は遥のほうの仕事で午前二時まで書類作成をしていた。寝たのはそれからで、朝も六時には起きた。自分で立ち上げるビジネスのために動けるのは、会社が休みの土日と祝日だけだ。一日に二、三件用事が掛け持ちになることも多く、今朝も午前中は西野のところに行っていた。

サイトオープンまでの準備期間も日記風にレポートしたらどうかと思いつき、毎週持ち回りで各協力作家の日常や作品制作風景を取材させてもらっているのだ。

それが結構面白いと口コミでじわじわ評判になっているようで、このところアクセス数が日ごとに増えている。このままオープンまでにもっと多くの人に興味を持ってもらえれば御《おん》の字だ。リンクしましたという連絡もたまに来る。ただ人任せで広がるのを見ているだけではなく、購買層が被っていそうなサイトに有料広告を出すなど、前振りの宣伝活動にも余念がない。

名嘉の工房に着いたのは午後一時過ぎだ。

自宅は数軒先にあるそうで、基本的に毎日工房と自宅を往復して仕事をしているらしいが、制作に熱中しだすと泊まり込むことも多々あるらしい。

果たしてちゃんと工房にいてくれるかさえ怪しかったが、工房の入り口は開け放たれていて、轆轤《ろくろ》の前に座って作業をしている名嘉の姿が目に入る。痩《や》せた背中が不思議と大きく見えて、作品同様、存在感のある人だと佳人は思った。

「こんにちは、久保です。お邪魔します」

作業の妨げにならないよう、とりあえず一声かけて、勝手に入らせてもらった。

名嘉はエアコン嫌いで、作業中どれほど暑かろうが寒かろうが、めったにスイッチを入れないそうだ。湿気や温度といった条件も、焼き物の制作に微妙な影響を与えるらしく、それも理由の一つにあるようだ。つけてもごく弱くで、この日もとりあえず冷房が入っているという程度だった。クールビズで正解だった。

佳人が来ても名嘉は振り向きもしない。

二度目なので佳人も少しは勝手がわかっており、無理に話しかけたり、近づいたりはせず、スプリングの壊れかけた二人掛け用のソファの前のローテーブルに持参した土産の箱を置き、遠慮がちにソファの端に腰を下ろした。

最初に来たときも、ここに夏希と二人で二時間座りっぱなしだったのだ。その間、名嘉は少し離れた場所にある作業台について、素焼きした鉢に黙々とサンドペーパーをかけていた。

名嘉の作品には手びねりのものと轆轤のものとがあって、どちらもそれぞれによさがあるのだが、佳人はやはり手びねりで作られた作品のほうが好きだ。ただ、手びねりに比べると個性を出しにくいと言われている轆轤作品の中にも、うわ、と感嘆するほど色目の美しいものや、どうしたらこんな発想ができるのかと作家の頭の中を覗いてみたくなるような面白い作品もあって、本当に才能のある作家なんだろうなと思わされる。

作務衣《さむえ》を着た痩せ気味の、五十にそろそろ手が届きそうな陶芸家は、しかし、見た目は若い。写真嫌いでもあって、プロフィールもほとんど公開しておらず、名前は知っていても顔は知らない、という人が業界内や関係者にも多くいるそうだ。初めて顔を合わせたとき、佳人はどう見ても三十代にしか思えず、お弟子さんですか、と喉まで出かけたほどだ。夏希が「ご無沙汰しています」と先に挨拶してくれたので、やっぱりこの人でいいんだとわかって、よけいなことを言わずにすんだ。

朔田とは、驚いたことに、名嘉から声をかけて、つかず離れずといった近いような遠いような不思議な関係がもう六、七年続いているという。最初の出会いは、デパートの催事場で開かれた陶芸展に当時駆け出しの新米作家だった朔田と共に名嘉も出品していて、偶然同じ日に会場に来ていたのを関係者が引き合わせたそうだ。名嘉は朔田の作品をたいそう気に入っていた様子だったらしい。

そのあたりの事情を知るにつけても、名嘉を口説くのはますます困難になったと言わざるを得ない。朔田と一悶着《ひともんちゃく》起こした佳人を、名嘉が受け入れるとは考えにくい。玉砕覚悟の訪問だったが、やらずに後悔するより、やって後悔したほうがすっきりすると割り切って来た。

勝手に工房内を彷徨《うろつ》くのも憚《はばか》られ、また、勝手にお茶を淹れるほど親しくもないため、佳人は居心地の悪さに耐えながら、しばらくじっとソファに座っていた。

菓子折を置くスペースを探すのにも一苦労したローテーブルの上は、雑多な物で溢れている。郵便物や陶芸雑誌などが積み重なっているかと思えば、足元に名刺が落ちていたり、よく見るとノートパソコンが埋もれていたり、潰れかけたティッシュケースが下にあったりと、カオス状態だ。

テーブルの上がこんな状態になっているのを見ると、佳人は気になってしまって落ち着かない。とうとう、名嘉が全然こちらを見ないのをいいことに、せめて半分は天板を出し、お茶くらい飲めるようにさせてもらおうと、片づけ始めた。

郵便物は郵便物だけで一纏めにし、雑誌やリーフレットの類いは下から大きさを揃えて一山に積む。

途中、バインダーを手にした途端に、内側の金具がきちんと閉じられていなかったらしく、バサバサと中身の書類が落ちてきて、ひやっとした。

ちょうど轆轤を止めたところだった名嘉に、思い切り怖い顔つきで振り向かれ、心臓がギュッと縮み上がった。変な話、東原や香西のような恐ろしさ、迫力には免疫があるが、名嘉の怖さはそれとはまた別の種類のもので、睨みつけられると本気で身が竦《すく》んだ。

すみません、と口に出して謝るのも躊躇われ、佳人は頭を下げて視線で詫びた。

名嘉は佳人に鋭い一瞥をくれただけで、勝手に片づけをしていること自体は咎めず、再び轆轤を回しだした。

帰れ、とも言われなかったので図々しくまだ居座ることにする。

手土産だけ置いてすごすご帰ったのでは子供の遣いと一緒だ。砕け散るまでは帰らないぞと意を決し直す。

片づけを続けるうち、佳人は見覚えのある書類を見つけて手を止めた。

二ヶ月前、佳人が置いて帰った、サイト全体の企画書と、名嘉用に作った提案書だ。ただこれがカオスになったテーブルのどこかから出てきたというだけなら、まぁきっとそんな扱いを受けると思った、と驚きもしない。予想の範疇《はんちゅう》だ。しかし、意外にも、それにはずいぶんと読み込まれた形跡があった。

ホチキスで留めた部分に、何度も開かれたことを証明するかのごとく、きつい折り目が付いている。捲ってみると、鉛筆で印がつけられたり、電話番号やサイトのアドレスが書き込まれた箇所もあり、ちょっと、いや、かなり驚いた。どうせ名嘉はこれを手に取りもしていないに違いないと思っていたからだ。

しかも、これ、と思い当たる節があり、佳人は半信半疑で先日携帯電話から機種変更したばかりのスマートフォンを手に取った。

ブラウザを起ち上げ、書き殴ってあるURLを打ち込んでみる。

思ったとおり、西野のブログのアドレスだった。

これはいったいどう解釈すべきなのか。単純に、早計に、期待してはいけないと自戒《じかい》するのだが、名嘉も本当は佳人が持ちかけた話に関心を持ってくれているのだと考えずにはいられない。

「お茶」

突然、頭上から不機嫌さ丸出しの声が降ってきた。

ギョッとして顔を上げた佳人は、いつのまにか目の前に立ってこちらを見下ろしていた名嘉と目が合い、仰天《ぎょうてん》してスマートフォンを取り落としてしまった。慌てて拾い上げ、弾かれたようにソファから腰を上げる。

「あ、はい、すぐに」

焦って答えたものの、工房のどこにキッチンスペースがあるかもわからず、うろうろしてしまった。棚で目隠しされた奥に小さな流し台と電気製品置き場があって、天袋に湯飲みが並んでいる。急須《きゅうす》は流し台の脇の水切りカゴにあった。

茶葉もすぐに見つかったので、電気ポットで湯を沸かし、煎茶を淹れた。

小さな丸盆に湯飲みと急須を載せて持っていく。

名嘉はさっきまで佳人がいた場所に座って背凭れに身を預け、足を組んでいた。

疲れているのか眠そうだ。顔を天井に向けて、目頭を指で揉んでいる。鼻が高くて彫りが深く、よく見れば整った顔立ちをしているなと思った。

今日のところはいったん引き揚げ、また日を改めるべきだろうか。佳人は名嘉の体調を気遣ってそんなふうにも考えた。

「お茶、どうぞ」

一声かけて湯飲みを手元に置く。

名嘉は佳人を見もせず「ああ」と相槌だけ打った。

佳人は挫《くじ》けず、ついでに手土産に持参した豆大福も、包装を破って箱を開け、テーブルに出した。あらかた片づけはすんでおり、スペースがあってよかった。

「あんた、まだ諦めてなかったの？」

名嘉が唐突に喋りだした。

本題に触れる話題が出たのはこれが初めてだ。

「はい」

佳人が勢い込んで答えると、名嘉は顎を引いて顔を元に戻すと、大きな目を開いておもむろに佳人に視線を向ける。名嘉が実際の年齢よりぐっと若く見えるのは、この大きな目と、皺《しわ》の目立たない艶やかな肌のせいだろう。

休憩しているときの名嘉は、仕事中の鬼のような面相と緊迫感を漲《みなぎ》らせた雰囲気が嘘のように気怠げだ。話し方も、想像と違って柔らかい。考えてみれば、今までろくに口も利いてもらっていなかったので、それすら知らずにいたのだ。

「お読みいただいたんですね、資料。ありがとうございます」

本や書類を積み上げた山の一番上に、さっき見つけた資料を載せていた。それを視線で名嘉に示して先に礼を言うと、名嘉は顰めっ面になり、仕方なさそうに薄笑いを浮かべた。佳人に知られて若干きまりが悪そうだ。

「よけいなことばかりするよね、きみ」

「すみません」

「だけど、俺の作品に対する理解の深さにはちょっと感心したよ。素人のわりに目が肥えてる。ずっと身近で本物を見たり触ったりする機会が多かったのかな。きみ、いかにもどっかのお坊ちゃんふうだしね」

ちょっと違うが、核心は突いている。佳人は名嘉の鋭い観察力と理解力にそっと嘆息した。

「でも、朔田となんか揉めたそうじゃない。原因は夏希ちゃん？」

「……はい」

そうだと思った、と名嘉は面白そうに佳人を流し見る。

「朔田は単純だから、きみを見て、その人当たりのよさと誰にでも優しい態度を早合点して、夏希ちゃんと結婚してくれたらとずいぶん期待していたんだろうな。きみに恋人がいることくらい、一目瞭然《いちもくりょうぜん》なのにさ」

「え、どうしてそう思われたんですか」

適当に言っている感じはしなかったので、こわごわ聞いてみた。

「フェロモンだだ洩れだもの、きみ。それも、男を誘う類いの。失礼だけど、女性からはあんまりもてないでしょ？　綺麗で性格も申し分ないんだけどなんか違うのよね、って言われそうなタイプだよ。夏希ちゃんは、彼女自身が男勝りな性格をしているところがあるから、きみに惚れてもおかしくないと思ったけど、本当にそうなってたんだね」

容赦なくずけずけと言われ、それがまんざら外れていないため、返す言葉もない。

「朔田さんには絶交されてしまいましたが、おれは朔田さんのことも諦めてはいません。非は非として認めて謝罪した上で……いつか、きっと」

「きみにどの程度非があるのかまでは知らないけど、性格的に不実なことができそうな感じはしないよね。朔田もたいがい大人げないな。きみが男好きなのと、焼き物に関する熱意と興味を持って仕事をする人だということはまったく別の話なのに、わざと混同させてさ」

正直佳人は驚いた。ほとんど期待していなかったのに、名嘉は会うのが二度目にもかかわらず、他のどの関係者より佳人を理解してくれている。その上、どうやらビジネスの才覚も認めてくれているようなことを匂わせるのだ。

「お茶飲んで豆大福食ったら、悪いけど帰ってくれるかな」

そこで名嘉はびっくりするほど大口を開けて欠伸《あくび》をし、ついぞ櫛《くし》を通したこともなさそうなバサバサの髪を、男にしてはしなやかな指で痒そうに掻いた。

「やっと一段落ついたから、これから三日ぶりにうちに帰って布団で寝たいんだ」

「でしたら、お送りしましょうか？」

「結構。ぶらぶら歩いて帰るのが好きなんだ」

ぴしゃりと断られた。

ようやく取っかかりが見えてきた気もするが、いざとなるとやはりとりつく島もない。

扱いづらい人ではあるが、ますます佳人は落としてみたい気持ちになっていた。名嘉の人柄もなんとなくわかってきた。

「またお邪魔します」

言われたとおり、豆大福とお茶をいただいて、工房を出た。

名嘉は面倒くさそうにチラッと佳人を横目で見ただけで、挨拶一つ返さなかったが、もう佳人は気にならなかった。

脈はある。それがわかっただけでも今日来た甲斐《かい》はあった。

そう確信したからだ。

＊

事態が急転換したのは、佳人が名嘉の工房を二ヶ月ぶりに訪ねた日の夜だった。

遥と夕食をすませた直後の午後八時少し前、佳人に一本の電話がかかってきたのだ。

公衆電話からで、誰がかけてきたのかまったく見当がつかないまま出てみると、なんと、朔田だった。

お世辞にも感じがいいとは言い難《がた》い低く沈んだ声で、近くにいるので、都合がつくなら出てきてくれないか、話がある、と言う。

最後に会ったときのようには興奮していないし、怒っているふうでもなかったが、突然すぎて朔田の真意が汲《く》み取れない。

どうしようかと迷っていると、傍らでじっと佳人を見守り、心配して聞き耳を立てていた様子の遥が、手の甲をこちらに向けて右手を立て、内側に振る仕草をした。こっちに来てもらえ、という意味だ。

「駅前のコンビニにいらっしゃるんでしたよね。だったら、うちはそこから八分くらいの場所にありますので、よかったら、いらしてください。今からおれが迎えにいきます」

今度は朔田のほうが躊躇って黙り込んだが、やがて心を決めた様子で承知してくれた。

ただし、家はわかるから迎えにきてもらう必要はないと断られた。

「俺とおまえのことを詳しく調べたんじゃないか」

朔田が黒澤《くろさわ》邸の場所を知っていたことについて、遥はさらっとそう言った。調べられてもべつに困ることはないと言わんばかりで、気分を害した様子はない。佳人も深く考えないことにした。

それより、どんな話をしに来るのか、そちらのほうが気になる。

ゆっくりと歩いてきたのか、ドアホンが鳴ったのは、電話を切った十五分後のことだった。

十日ぶりに顔を合わせた朔田は、いかにも気まずげな表情はしていたものの、ほかはそれまでとほとんど変わっていなかった。少し髪が伸びて、五分刈りがちょっと黒っぽさを強めているかなと思った程度だ。

遥は朔田が着く少し前に、自分は席を外すので必要なら呼べ、と言い置いて書斎に行った。

佳人は朔田を応接室に通し、冷えた麦茶をグラスに注いで出すと、自分もソファに腰を下ろして姿勢を正し、朔田と向き合った。

「今夜も暑いですね」

差し障《さわ》りのない天気の話をまずしておいて、朔田が用件を切り出すのを待つ。迂闊《うかつ》な発言はしたくなかったので、朔田の出方がわからないうちは、慎重にならざるを得ない。

麦茶を飲んで口と喉を湿らせた朔田がおもむろに「今日は謝りに来た」と言い出し、勢いよく頭を下げた。

「さんざん酷いことを言っておいて今さらどの面下げて佳人くんに会えるものかと、ここしばらく仕事も手につかないほど迷っていたが、もういい加減にしないと僕はますます自己嫌悪に陥《おちい》りそうで、勇気を出すことにした」

腹に溜め込んできたものを全部出すまでは口を閉ざせないとばかりに、朔田はいっきに言う。

佳人としては、もうこれだけで十分だった。

何がきっかけで朔田が気持ちを変えたのかはわからないが、また元のように付き合えるのならそれ以上望むことはない。

「今度のことで僕は仲間内全員から苦言を呈《てい》され、いかに佳人くんが好かれているのか、痛感しました。夏希もそうですが、陶芸仲間四人が四人とも、次々に僕に電話をかけてきて、一様に皆僕の態度を責めるんです」

朔田は恥を忍んですべて話すつもりで来たと、そこで顔を赤らめながらボソッと言い添えた。

それより佳人が首を傾げたのは、四人という朔田の言葉だった。

「四人というのは……どの……？」

「佳人くんがビジネスの話をした四人ですよ。実は、さっきまで名嘉と会っていたんです。向こうから半年ぶりくらいに呼び出されて、銀座《ぎんざ》で一杯奢《おご》れと言われて」

「えっ、でも、名嘉さんは……」

これから寝るから帰れと佳人を追い払った。事実、名嘉はとても眠そうにしていた。

しかし、蓋を開けてみれば、名嘉は一休みしただけでは終わらず、その後銀座に出てきて、朔田を呼び出していたのだ。その上、佳人を擁護《ようご》して朔田を諫《いさ》めたというのだから驚くほかない。

「一癖も二癖もあるあの四人が、こぞって佳人くんを褒めるんです。そして、おまえは彼のどこを見てきたのかと僕に呆れるわけですよ。狭量だとか、大人げなさすぎるとか、シスコンだとか、それはもう、さんざんいろいろ言われましたよ」

今夜ここに来る勇気を出させてくれたのは、名嘉だったと言う。

「名嘉までが佳人くんを認めている、というのが、実は僕には相当大きかった。あの名嘉が。まさにその一語に尽きました。それくらいあの男は普段他人を褒めないんです。褒めないどころか、興味がないんですよ」

いや、でも、と佳人は目を白黒させて朔田の話に引き続き耳を傾ける。

「四対一です。夏希まで入れたら五対一。しかも、夏希は当事者だ。もう完全に僕の負けだと思いました。だから、謝ります。本当は、ファミレスで佳人くんに言うだけ言った直後から、もう後悔してばかりだったんです。夏希の前では意地を張っていましたが」

「じゃあ、また前みたいにおれと付き合ってもらえるんですね？」

霧が晴れたように清々しい心地で佳人は確かめた。

許してもらえてよかった。これからもっと朔田に焼き物の話を聞きたいと願っていたので、それが叶いそうで本当に嬉しかった。

「できれば公私共にまたお付き合いさせてください」

朔田のほうからも丁重に頼まれる。

「じゃあ、朔田さんの器を紹介するページ、削除しなくていいんですね」

「むしろぜひ掲載してくださいと、こっちからお願いしに上がったんです」

朔田はさらに佳人を喜ばせる情報をくれた。

「名嘉も佳人くんに自分の器を任せると言っていました。近々本人から直接言ってくると思います。びっくりしたのが、名嘉のやつまであのブログっていうのを始めてたんですよ。西野にやり方を聞いたそうです。おまえも始めたらどうだって、偉そうに勧められましたよ。自分も始めたばかりのくせに」

「それ、いい考えだと思います。本気でやってみませんか。夏希さんに聞けばやり方教えてもらえるはずですから」

「その前に自分のパソコンを買うところから始めないと、ですよ」

「そうですね」

いつのまにかすっかり元のように屈託なく話せるようになっていた。

そこに、頃合いを見計らっていたかのようなタイミングで、遥が姿を見せた。

「いらっしゃい」

「あっ！　お、お、お邪魔していますっ」

朔田は遥を見るなり勢いよく立ち上がり、うまく言葉も出せないほど畏《かしこ》まる。

「このたびは、大変なご迷惑をおかけしまして、なんとお詫びすればよいものか……」

「迷惑？　なんのことかわかりませんね」

遥は形の整った眉を僅かに顰め、何事もなかったかのように振る舞う。

「その話はもう忘れてしまっていいんじゃないですか、お互い」

佳人が横から言い添えると、朔田も確かにそれがいいと深く頷いた。

「朔田さんはお酒はいける口ですか」

遥もソファに座って、ちょっと飲もうという話になる。

朔田はほとんど飲めないはずだが、「少しでしたら」と断らなかった。

「あ、それと、これ、もしよかったら」

朔田が渡しそびれていたという手土産の箱を差し出してきた。銀座から地下鉄に乗る前にデパ地下で購入してきた辛子明太子、とのことだった。

ありがたくいただき、台所でぶつ切りにして、簡単に摘めるようにしてきた。

三人で冷酒を酌み交わした。朔田も顔を赤くしながら、無理のない範囲で杯をときどき口に運んでいた。

たいしたことは話さなかったが、かえってそれが心地よく、いい雰囲気のうちにお開きにして、二人で駅まで朔田を送った。

帰り道、遥は自然な態度で佳人と手を繋ぎ、

「よかったな」

と一言言ってくれた。

「はい」

佳人も短く答える。

空には月がさやかに浮かんでいた。

＊

サイトのオープンが当初予定していた十月一日から少し前倒しになって、九月二十八日に決まった。結構余裕を持たせて準備期間を設定していたため、三日の前倒しはスケジュールに影響しなかった。なんとなく、月曜始まりより金曜始まりのほうがしっくりくる、盛り上がりそうだ、という意見が陶芸家たちの間からちらほら出てきたので、それなら、と一月前に変更を決め、同時に各方面に告知も出して正式決定した。

オープン当初の取り扱い作家は全部で五人。出品点数は各人で異なるが、サイトとしては常時八十点以上を目安にする。

佳人が最も気を遣い、心がけたのは、事前告知の徹底だ。

インターネット上に開店させるネットショップは宣伝が重要な鍵を握ると考え、早くから様々な媒体と連携して、情報が伝わりやすくするよう努めた。

横の繋がりに力を入れるのもさることながら、インターネットは日頃見ないという顧客にも興味を持ってもらうきっかけになればと、雑誌やムックに広告料を払ってCMを兼ねたミニ特集を組ませ、各作家の作品をネットショップオープン前に実物を手に取って見て購入する方法も併《あわ》せて紹介した。

とにかく佳人にしてみればすべてが手探りなので、思い立ったことはなんでもやってみる、可能性のあるところには当たってみる、をモットーにできる限りのことをしたつもりだ。

遥にも、今こんなことを考えている、こういうふうにやってみようと思っている、などといった形で、状況をときどき知らせはしていたが、具体的な助言を求めるのは稀《まれ》だった。手広く事業をやっていて、様々な方面にコネとノウハウを持っている遥を頼れば、佳人はもっとずっと楽に同じだけの成果を得られたかもしれないが、それでは自分で起業する意味がないと思った。

遥もそれを重々承知しているため、自分からはほとんど佳人に意見しないし、基本的に突き放しているのだ。

自分が手を出せばやきもきせずにすんで気持ちの上で楽なのに、あえて見守るだけにする。遥の在り方は佳人のことを一番に考えてくれてのものだ。遥のスタンスの取り方に、佳人はまた一段と遥に惚れ直した。遥が嘗《な》めてきた辛酸《しんさん》を思えば、佳人などまだまだ楽をしているほうだ。

朔田をはじめとする陶芸作家たちとの打ち合わせも順調で、西野と名嘉がそれぞれ気ままにやっている日記ブログも徐々にこなれてきた感がある。朔田がついにパソコンを購入した、と夏希からメールで知らされたのは、つい先日だ。一から夏希に教えてもらっている様子なので、こちらはまだ当分、キーボードとマウスに慣れるので精一杯かもしれない。

そういう佳人もブログをやっているのだが、恥ずかしいことに、これが貴史にいつのまにかブックマークされていた。

「僕も見せてもらっています。更新楽しみにしているんですよ」

久しぶりに会って食事に行った際、貴史の口からそんな発言が飛び出して、あやうく水の入ったグラスを倒してしまいそうになるほど仰天した。

「ハンドルネームだからわからないとでも思ったんですか？　悪いけど佳人さん、僕は検索にかけては一角《ひとかど》の自信があるんですよ」

学生時代、アルバイト先の探偵事務所の所長に「このままうちに就職しないか」と誘われただけのことはある。

やはり貴史はある意味怖い男だ。

あの東原辰雄《たつお》が惚れたのも道理だと佳人はしみじみ思う。

生まれて初めて、自分で思いつき、やってみたいという気持ちに駆られて行動に移した佳人の挑戦が、あと一週間足らずでいよいよ本格的に始動する。

果たしてうまくいくかどうかは蓋を開けてみないことにはわからないが、事前にリサーチしてみた限り、認知度や期待度はまずまずのようで、最初の関門だった、注目を集める、という点においては成果が出ているようだ。読みが当たり、欲しい人の許へ役立つ情報を届けられている手応えがあった。

主に宿泊施設のショップコーナーで、佳人が後押ししている五人の若手陶芸家の作品を委託販売してもらう話も進めていて、現在、関東地区のリゾートホテルや温泉旅館を中心に六ヶ所で契約が調い、販売にまで漕《こ》ぎ着けている。棚を借りて商品を置かせてもらう、というのが基本のスタイルなので、スペースはそう広くは取れない。どこもたいてい一ヶ所につき一作家かせいぜい二作家との契約で、今後まだまだ引受先を開拓するつもりだ。置いてくれるならどこでもいいというわけではもちろんなく、宿泊者層と購買層が被っていそうなところを見極めなくては意味がない。なおかつ佳人の拘《こだわ》りで、ショップ側に作品に対する関心と理解を求め、一点一点丁寧に、大切に販売してくれそうなところに任せたい気持ちがあるので、急には増えそうになかった。

白馬《はくば》のリゾートホテルにも一軒委託しているところがあって、こちらとは七月に契約をすませ、現在、朔田の作品を十点ほど預かってもらっている。

ホテルには六月に一度出向いて担当者と打ち合わせをしただけで、その後契約完了までは電話とメール、郵送での遣り取りだけですませてしまっていたため、機会があれば一度現状を見ておきたいと思っていた。

朝早く車で出掛ければ、日帰りで往復できるかもしれないと考え、そのつもりで日程を調整するべく遥に相談したところ、

「それなら、俺が車を出してやろう」

と思いがけない返事があった。

「できれば一泊して次の日帰りたいところだが」

急な話で、今からでも予約が取れるかどうか心配したが、逆にキャンセルが出た部屋をタイミ

ングよく押さえることができて幸運だった。

仕事一色で行くつもりが、遥の提案のおかげで週末旅行を兼ねることになった。

土曜日の朝、遥の運転するポルシェ・ボクスターで出発した。

首都高速四号線から中央自動車道に入り、岡谷《おかや》ジャンクションからは長野自動車道を行く。豊科《とよしな》インターチェンジまで、途中何度か休憩を挟みながら走って、三時間強かかった。そこからさらにホテルまで一時間、北アルプスパノラマロードを経てようやく到着だ。

六月に一度来たときには、新宿から高速バスに乗って白馬八方《はっぽう》で降りた。ホテルはそのバス停から車で七、八分の山の中に建っている。周囲は森だ。趣《おもむき》深い樹木が立ち並ぶ静かな環境で、安らぎと寛ぎを求めて何度も足を運ぶリピーターがいるという。夏は避暑、冬はスキーを楽しみに来る人が多いらしい。

ホテルの外観は、ヨーロッパの綺麗な村落に行けば見られそうな、どこかメルヘンチックな印象の可愛らしく美麗なヴィラ、という感じだ。単に形だけ洋風にしたというような安っぽさはなく、年月を経て雨風に晒されていけばいくほど屋根や壁にいい雰囲気が出るのではないかと思わせる本物志向がそこかしこに見受けられる。一目見たときから、佳人はここはきっといいホテルだと直感したものだ。

「こんにちは。本日はお世話になります」

建物の外まで出迎えに来てくれていたマネージャーとフロント係の女性に挨拶する。

両名とも佳人はすでに面識があり、久々の再会を喜び合った。

「朔田さんの器、好評ですよ。さすがに毎日とはいきませんが、週に一つか二つ、出ています。日常使う器と考えますとそれなりのお値段ですので、悩まれる方も多いのですが、先日などは、やはり買って帰ればよかったと後悔していると書き添えられたお礼状をちょうだいしました。関心を寄せられるお客様は非常に多いです」

フロントの右手に設《もう》けられたショップコーナーをまず見て、マネージャーから嬉しい報告を聞く。さして広くないスペースに、地元特産のジャムやフルーツジュース、飲む酢、手芸品や皮革製品、絵はがきなどといったお土産品と共に、朔田の器が陳列されている。ちょうど昨日一つまた売れたとのことで、棚に置かれているのはあと五つだった。

「来週いよいよ通販サイトもオープンしますので、もしかするとこちらにも問い合わせがあるかもしれません。どうかよろしくお願いいたします」

佳人が仕事の話をしている間に、遥はロビーラウンジの豪奢《ごうしゃ》な布張りのソファに座って、フロント係の女性に差し出された宿泊カードを記入していた。

マネージャーとの話を終えて遥の許へ行き、傍らの一人掛け用の椅子に腰掛ける。

何組ものソファセットや安楽椅子が配されたラウンジには、洋館によく見られる半円形に大きく張り出した出窓のようなスペースがあり、窓に沿って設けられた腰掛けにずらりとクッションが並べられている。

佳人たちのすぐ真横には壁に造り付けのマントルピースがあり、冬場はここに薪《まき》を入れて火をつけるのだそうだ。客室にも一部暖炉《だんろ》を備えた部屋があるらしいが、消防法で客室内での使用は禁じられているとのことで、残念ながら飾りにしかなっていないという。

チェックイン手続きのあと、スタッフの女性がハーブティーを持ってきてくれた。

「お荷物はお部屋に運んでおきますので、ごゆっくりどうぞ。お部屋に向かわれる際、お声がけいただきましたら、ご案内いたします」

スタッフは皆とても感じがいい。

建物や室内も素晴らしいが、なにより佳人がここを好きになったのは、優れたホスピタリティが端々に感じられるからだ。

男同士でハリウッドツインのベッドルームを予約しても、こちらにまったく気後れを感じさせない心配りの行き届いた応対ぶりで、スタッフの質の高さが察せられる。

ハーブティーを飲みながら、窓の外に広がる緑に包まれた森の風景を眺めて目を愉《たの》しませ、他愛のない話をする。

ここでは時間の流れがことさらゆったりとしている気がして、つい長居してしまった。

客室は別棟にあり、一度外に出て、主棟と別棟を繋ぐ小道を通って行く。

全部で十数室しかない客室は一部屋ずつ家具や内装などのデザインが異なるそうで、常連客の中には全部の部屋に泊まるのを目標にしている人もいるらしい。

佳人たちの部屋の特徴は、なんといっても十五平米もある広々としたオープンデッキテラスと、露天ジャグジーだ。ガーデンチェアにパラソルと、夏場は人気の部屋だそうである。

「運がよかったな」

遥が真面目な顔をして言い、佳人も同意する。

室内は比較的シンプルでモダンな印象の家具で纏められており、木の温もりが落ち着いた気持ちにさせてくれる。甘すぎない雰囲気が男同士にはかえってありがたかった。

フレンチのコース料理が供《きょう》されるディナーは、七時からに指定していた。

それまでまだ時間があるので、さっそくジャグジーに浸かろうということになった。

男二人で入っても十分余裕のある大きさの、円形のジャグジーだ。露天というのは珍しい気がして、少々面映ゆくはあったが、明るいうちに一度入っておきたいと佳人も思った。

裸になって、ジェット気流で泡立っている湯の中に肩まで浸かる。

遥もすぐに入ってきた。

周囲を木々に囲まれた静かな空間に癒やされる。澄んだ空気を肺にいっぱい吸い込むと、体が内側から浄化されるようだった。

目映《まばゆ》いばかりの鮮烈な緑と、上品な赤色のパラソルのコントラストが際立って、旅行会社のパンフレットに掲載された写真の中にいるようだ。

葉陰から洩れる太陽の光は、東京で浴びているものとはまるで別物だという気がする。

遥は後頭部をジャグジーの縁に預け、目を閉じていた。

ただ瞼を瞑《つむ》って、めったに味わえない寛ぎの時間に浸っているだけなのか、はたまたうたた寝しだしたのか、どちらともつかない。どちらにしても邪魔をしてはいけない雰囲気だった。

声をかけるのも憚られ、そっと視線を向けるにとどめる。

姿を目に入れるだけで幸せな心地に包まれ、胸が熱くなって、ときめく。

決して誰しもに感じることではなく、佳人の場合、遥に対してだけだ。

遥を見ているととても優しい気持ちになって、愛情と慈《いつく》しみに満ちた優しさの粒子が佳人の内側からふわっと吹き出し、周囲にいる人にもいい影響を与える。そんなふうに思えてくる。気持ちは他人に伝染すると言うが、まさにその感覚だ。佳人は、遥を想うたびに優しくなれる自分が好きだ。

ふっ、と遥が目を開ける。

視線がかち合う。

「なんだ」

遥は肌を叩く水流が心地よくてたまらなそうに目を細め、項《うなじ》に手のひらを当てて撫で擦りながら、穏やかな口調で佳人の眼差しを訝しむ。

「遥さんが一緒でよかったなと思って」

実際、佳人は先ほどからもう何度もしみじみそう感じていた。

「いいホテルだな。ロケーションもハードもソフトも、皆揃っている」

遥もここを気に入ったようだ。佳人はさらに嬉しくなった。

振動して気泡を湧かせる湯の中に顎まで沈め、冗談めかして言ってみる。

「昼間の露天は清々しすぎて、あんまり淫らな気分にはなりませんね」

「それは俺を誘っているのか」

遥が強烈に艶っぽい流し目を送ってくる。

「ちょっと」

恥ずかしさのあまり佳人は中途半端な返事をしてしまう。

「ちょっとじゃだめだ」

遥は意地悪く含み笑いしながら佳人をからかった。

「夜まで待てばうんと欲しがりそうだから、そうしよう」

「はい」

佳人も笑って頷いた。

いつまででも浸かっていたかったが、指の腹がふやけだしたので、先に上がった。

濡れた体にバスローブを羽織り、タオル地のスリッパを履《は》いてデッキチェアで休む。

どこかで鳥の鳴き声がしているが、葉陰や枝に目を凝《こ》らしても、姿はどこにも見つけられない。

チチチ、ピピピと囀《さえず》りだけがする。

ジャグジーの音が止んだので、ふとそちらを見ると、遥が全裸のままデッキに立つ後ろ姿が目に飛び込んできた。

男神の塑像《そぞう》のようにバランスの取れた肉体美に、思わず感嘆の溜息が出る。

背中なので見るほうも羞恥を感じず、無遠慮に凝視してしまった。

どこもかしこも蠱惑《こわく》的だが、特に、引き締まった腰から尻にかけてのラインと、肩胛骨《けんこうこつ》の盛り上がりが美しい。見惚れるなというほうが無理だ。

佳人の感覚的には一分程度見つめていた気がしたのだが、実際にはせいぜい十数秒のことで、遥はバスタオルでザッと水気を拭うと、腰に巻いて、室内に入っていった。

しばらくして、ミネラルウォーターのペットボトルとタンブラーを一つ持って戻ってくる。

水を注いだタンブラーを佳人に差し出し、自分はペットボトルに直接口をつける。

場所が変わると水まで美味しく感じられた。

「そういえばまだ聞いていなかった」

ふと思い出したように遥が言う。

もう一台のデッキチェアに横向きに腰掛け、隣で寝そべっている佳人に情の籠もった眼差しを向けてくる。

なんだか面映ゆくなって、佳人は上体を起こした。

「自分でやりたいことを見つけてやってみた気分はどうだ。いよいよ来週これまで準備してきた

ことが世間に公開されて評価が下る。不安はないか」

「不安はもちろん……ないと言ったら嘘になります。でも、何も知らなかった頃というか、何も自分ではしていなかった頃に漠然と想像していたような不安とは違う気がします。今はもっとこう、昂揚《こうよう》のほうが不安より大きいような。……たぶん、本当の不安は、これから感じるんじゃないですか。準備してきた間はとにかく無我夢中でしたから、不安なんて感じている暇がなかったです。失敗することを考えたら、怖じけてしまって動けなくなりそうで、無意識のうちに、そういう心境にならないように自分を持っていっていたのかもしれないですね」

「なるほどな」

遥の目は、おまえらしい返事だ、と言っているように見えた。

「やってよかったと思っています」

佳人は胸の奥から迫り出してきた言葉を抑え込まずに吐露《とろ》する。

「やらせてもらえる環境にいることを、周りにいる人たち全員に感謝したい気持ちです。一番はもちろん遥さんですよ」

「そうか」

こんなとき遥は絶対素直に喜ばない。そっけなく、いかにもどうでもよさそうに短く返事をするだけだ。だが、瞳は嘘をつかない。まんざらでもなさそうに瞬かせ、照れたように睫毛を伏せるのだ。

「それで、これからどうするつもりだ」

「これから？」

よく意味がわからず、佳人は訝しげに首を傾げた。

遥は答えず、ひたと佳人の目を見据える。

佳人は困惑したが、なんとなく遥の聞きたがっていることが察されてきて、それで当たっているかどうかは今ひとつ自信がなかったが、言うだけ言ってみた。

「当面は今のまま、遥さんの秘書業務とビジネスを両立させたいです」

「できるのか」

遥は容赦なく突っ込んできた。

どうやら話の方向性は間違っていなかったらしい。

「大変だとは思いますが、できるように努力します」

遥の秘書は辞めたくない。だが、ビジネスのほうでもまだやってみたいことがある。形にしていないアイデアが他にもいくつかあるのだ。

「おれ、欲張りすぎでしょうか……？」

もしかすると、遥には今のような状態で佳人が秘書を続けるのは迷惑かもしれないと、ふと、脳裡を不安が過り、遥の意向を聞きたいと思った。

「べつに欲張りなのは悪いことじゃない。そんなことを言ったら、俺なんか冷徹非情な欲深と何度罵《ののし》られてきたかしれない」

空になったペットボトルをグシャッと握り潰して、遥は淡々と続ける。

「俺もおまえが秘書を辞めて独立するのは正直寂しい。だが、それは俺のわがままだ。おまえを四六時中傍に置いていたいから、欲張ってしまうだけの話だ。これからもおまえは俺のところにいてくれるんだろうし、自惚《うぬぼ》れでなければ俺はおまえに惚れられてるみたいだから、何も心配しなくていいはずだ。そうだろう」

「おれは遥さんに惚れてますよ。……もう、べた惚れです」

佳人は気恥ずかしさを払いのけ、頬をほんのり上気させつつ、大胆な発言をする。

「だから、焼きもちもあるんです」

「……焼きもち？」

意味がわからなそうに遥は鸚鵡返《おうむがえ》しにし、眉を顰める。

己の狭量さを突きつけられるようで我ながら自己嫌悪に陥るが、この際だから隠さず最後まで打ち明けることにした。

「嫌なんです。おれ以外の誰かが、遥さんと一日中一緒に行動して、おれの知らないところで二人きりになるのが」

想像しただけで胸がジリジリ焼けてしまう。

遥は虚を衝かれた顔でまじまじと佳人を見据えていたが、やがて、困ったような、嬉しさを隠し切れないような、照れくさそうな、それら全部が入り交じったなんともいえない表情で、フッと苦笑いした。

「それは、困ったな」

遥は本気で困惑しているようだった。

「おまえの気持ちがわかるし、それが俺としても猛烈に嬉しいだけに、悩むな」

「遥さんを信用しないわけじゃないんです」

それだけははっきりさせておきたくて、佳人はきっぱりと言った。

「おれが、わがままなだけです……本当に」

遥を困らせている自覚があるだけに申し訳なくて、徐々に俯く。

「そういうわがままならいくらでも聞いてやりたいが、それで万一おまえが無理をして体を壊すようなことにでもなれば、本末転倒だ。俺はきっと後悔する」

「遥さん」

佳人はハッとして顔を上げ、これ以上ばかなことを言ってごねるのは非常識すぎる、社会人として許されないことだと恥ずかしくなった。

「ごめんなさい。おれ、次の人が見つかったら、秘書を辞めます。辞めて、ビジネスのほうに専念します。まだこれだけで食べていけるほどちゃんとした事業に育てられるかどうかわかりませんが、逆に言うと、軌道に乗せるまでが勝負だと思うので、二足の草鞋を履こうとするのはおこがましすぎました。さっき言ったとんでもないことも、お願いですから忘れてください。……恥ずかしくて、穴があったら入りたいくらいです。さっきはどうかしてました」

「べつに忘れる必要はないだろう」

遥は佳人の頭に腕を伸ばすと、髪をぐしゃっと掻き交ぜた。

「おまえに焼きもちをやかれるなど、嬉しいと思いこそすれ嫌な気持ちになるわけがない。男の勲章《くんしょう》みたいなものだ。頼まれても忘れるものか」

「意地が悪いです……！」

自業自得であることは百も承知で佳人は当惑しながら抗議する。

「やっぱり、辞めるのやめます。遥さんの秘書が務まるのはおれくらいのものです」

「ほう。ずいぶんな自信の持ちようだな」

「ええ」

佳人は勢いに乗ったまま胸を張って肯定した。

「だったら、次の秘書がどんな男になろうが女になろうが、何も気を揉まず、俺の帰りを待っていろ。自分の仕事をきっちり果たした上でな」

ビシッと正論を叩きつけられ、さすがにぐうの音《ね》も出なかった。

「……はい。わかりました、そうします」

「秘書は辞めても、俺との絆《きずな》は一生ものだ。違うか」

「いいえ。違いません」

話の終わりには、遥の目を真っ直ぐ見据え、一欠片の迷いもなく言ってのけることができた。

具体的な時期の相談は追ってすることになるが、ひょっとすると二足の草鞋を履くのは今年いっぱいになるかもしれない。

そうなったら、そこからまた新しい関係が始まる。

しかし、それはあくまでも仕事上の話であって、プライベートではこれまでと変わらない生活を続けるだけだ。そこに疑いを差し挟む余地はなかった。

七時から本棟のレストランでシェフが腕を振るった本格的なフレンチのフルコースをいただきつつ、夜はゆっくり更けていった。このホテルはオーベルジュの別称も持つほど、提供する料理の質が高く、自慢の一つだ。シェフはフランスの三つ星レストランを何軒か回って修行を積んだ経歴の持ち主で、到着の際佳人たちを出迎えてくれたマネージャーはソムリエでもあるという、もてなしのスペシャリスト集団なのだ。

あらためて話を聞いて、だからあんなふうに押しつけがましさをいっさい感じない、細部まで心配りの行き届いたサービスができるのだなと感動した。

ソムリエが選んでくれた白ワインを開け、デザートの前にフロマージュも少し切ってもらって味見した。

美味しい料理は人を笑顔にし、幸せにする。

白馬のリゾートホテルで過ごす夜はとびきり心地よく、ベッドに入ってからはそこに艶めかしさが加わった。

全裸で仰向けに横たわった佳人の上に、遥が体重をかけてのし掛かってくる。

「遥さん」

覚束なげに遥を呼ぶと、遥はいつも見慣れた仏頂面を僅かに緩め、

「うん……？」

と甘い声で宥めるように問い返す。声と言うよりもはや息遣いに近かった。

唇を塞がれ、尖った乳首を指の腹で嬲《なぶ》られる。

それだけでもう佳人は気持ちがよくなり、喉の奥でくぐもった声を立てて悶えた。

潤滑剤を秘部に施され、じっくりと指で慣らされる。襞を押し広げ、人差し指と中指を二本揃えて付け根まで穿ち、最初は窮屈だった狭い器官が外からの侵入に馴染んで柔らかく蕩《とろ》けてくるまで、丁寧に解される。

その間にも遥の唇は体のあちこちを啄み、肌を辿って舌を這わせ、佳人を陶然とさせた。

丹念に寛げられた後孔から指が抜かれ、硬い先端が濡れた窄まりに押しつけられてくる。

「ンッ、あ、遥さん……っ」

そこで焦らされ、佳人はもどかしさに喘ぎ、はしたないねだり声を出した。

自分から腰を突き出して遥の陰茎を身の内に欲しがってみせるようなまねまでしてしまう。

後孔が貪婪《どんらん》にヒクつくのをとめられない。

「欲しいか」

「……はい」

わかっていながら聞く遥が憎らしくて、佳人は潤んだ瞳で端整な顔を恨めしく睨んだ。

大きく開かされた足の間に入り込んできていた遥の腰が、グッと前に突き進む。

「ああっ、あっ」

襞を押し広げてずぷっと埋め込まれてきた遥の雄芯が、内壁を荒々しく擦り立てながらいっきに奥へと挿ってくる。

「うう、う……あ、大きいっ、遥さん、こんなのおれ知らない……！」

「知らない？　どの口がそれを言う」

狼狽《うろた》える佳人をよそに、遥はそのまま抜き差しし始めた。

「い、やだ、待って……こんな」

遥の腰の動きに合わせて佳人の体も揺さぶられ、ベッドのスプリングがギシッと音をさせて僅かに軋む。

今夜の遥は今まで知っていたより長大な気がして佳人を当惑させたが、大きさ自体にはしばらくすると慣れた。たっぷり濡らされ、解されていたため、痛みもさほど感じない。

抽挿のたびに、ずぷっ、ずぷ、と湿った粘膜を擦り立てる淫らな水音がして、佳人の羞恥を掻き立てる。それと同時に官能も高まり、欲情が強くなる。

「あ、ああ、う……いやっ、いや」

嫌と口走りながら、後孔は銜《くわ》え込んだ熱棒をきつく喰い締め、引き絞る。

「……っ」

遥の呻く声がまた凄絶《せいぜつ》に色っぽく、もっと聞かせてほしくて、ついには自分からもときどき腰を揺すり、はしたなくねだってしまう。

「あ。そこ……そこ、もっと……！」

「ここか。おまえ、ここを突かれるのが好きだな」

耳朶を打つ意地悪な声に脳髄が痺れたようになり、それだけで佳人はいけそうなほど感じて淫らな声を上げた。

もっとして、と恥も外聞もなく甘えてねだったところを、遥の硬い先端が集中的に責める。

「ああっ、あ、あ、あ……いや、だめ、だめ……っ」

いい、欲しい、と言ったり、だめだと叫んだり、自分でも訳がわからない。

こんなにベッドで傍若無人《ぼうじゃくぶじん》に振る舞ったことがかつてあっただろうかというくらい、わがままを言って乱れまくった。

「どっちなんだ。やめるのか、もっとするのか。はっきりしろ」

叱りつける遥も、口とは裏腹にわがまま放題に言われて嬉しそうだ。

端整な顔に満足げな笑みが浮かんでいる。

ふるいつきたくなるほどセクシーだと思って、佳人は遥の頭を引き寄せ、形のいい唇を奪って吸い上げた。

「ください、遥さんの全部」

「ああ」

佳人は遥の「ああ」を聞くと、背筋を悦楽の震えが駆け抜け、ゾクゾクし、もうどうなってもいいと奔放《ほんぽう》な気持ちになる。まさに媚薬だ。

頑健な腰で突かれまくりながら、もの欲しげに膨らんで硬くなった乳首を弄られる。

「ンンッ、う」

おかしくなってしまいそうなほどの快感の波に立て続けに襲われて、あられもない嬌声を放ちながら遥の背中に縋りつく。

「い、いやっ、だめ。胸、感じるっ!」

後孔を責められるより乳首を嬲られるほうが佳人は狂乱してしまう。

悦楽のスイッチを入れられたかのごとくのたうち回り、全身を淫らに震わせ、爪先まで突っ張らせて上り詰めていく。

乳首を弄られただけで達《い》けるほど、佳人はそこが弱かった。

「一度、出していいか」

遥もそろそろ限界なのか、猛々しく張り詰め、凶器のように硬くなった陰茎を一度先端だけ残して佳人の中から引きずり出した。

湿った粘膜が抜けていく雄芯を引き止めようと妖《あや》しく纏いつく。

それを無理やり引きずり出される感覚は、挿入以上に猥りがわしく、淫靡だ。

いったん出したものを再びズンといっきに最奥まで挿《い》れ戻す。

「あああっ」

佳人は激しい悲鳴を上げて顎を仰け反らせ、遥の二の腕に爪を立てた。

「ああ、いい」

遥が喘ぐように言い、昂奮《こうふん》が静まらない様子で佳人の体を掻き抱いてきた。

両腕できつく抱きしめ、反らせたまま喘ぎ震わせていた喉にキスの雨を降り注がせる。強く吸うと痕が残るため、ギリギリの理性で堪《こら》えているのが伝わってくる。

「このまま俺に摑まっていろ」

遥は佳人の耳元に熱く湿った息を吹きかけつつ言うと、佳人の腰を僅かに上向かせ、追い込みをかけ始めた。

荒々しく抜き差しされる陰茎に、佳人は惑乱し、泣き喘がされた。

立て続けに高みへと押しやられ、絶妙なタイミングで乳首や陰茎を愛撫され、一度目を放つ。

腰が抜けそうなほど感じて、全身をのたうたせつつ極めた。

遥もほぼ同時に達き、佳人の最奥に熱い迸《ほとばし》りを浴びせかける。

互いに息を荒げたまま唇を合わせ、夢中で舌を絡め合った。

達しても、遥はすぐに抜きたがらないことが多く、そうやって濃厚なキスをしたり、感じやすい乳首や項、脇などに手や指を這わされるうち、再び兆《きざ》してくることがままある。

硬度を取り戻した陰茎が佳人の中をじっくりと堪能するように動きだし、佳人は次に起きることに兢々として、嫌と繰り返し続けた。

だが、その甲斐もなく、しばらくすると、二度目が襲ってきた。

「ああっ、だめ、遥さんっ、腰、止めてっ」

狼狽《ろうばい》して叫んだが、遥はむしろ動きを速め、いっきに佳人と共に急な坂を駆け上った。

「いや、いや……っっ」

一度目よりも激しい快感が佳人を呑み込み押し流す。

「あぁあ、あっ」

佳人は腰が持ち上がるほど全身を弓形に突っ張らせて再び達し、その後弛緩《しかん》してシーツにドサッと背中を落とした。

全身が痙攣《けいれん》し、歯の根が合わずにカタカタと微かな音がする。

唇の端からは飲み込み損ねた唾液が長々と糸を引いて滴《したた》り落ちていた。

佳人を責めて泣かせ、のたうたせた遥の精悍《せいかん》な美貌が、目の前でいきなりぐにゃりと歪んだかと思うと、次の瞬間、視界が元に戻っており、遥に「大丈夫か」と間近から顔を覗き込まれていた。どうやら少しの間失神していたらしい。

「遥さん」

両腕を伸ばして遥に抱きつく。

遥も佳人の体をしっかりと抱き竦めてきた。

汗ばんだ肌と肌とを隙間がないほどぴたりとくっつけ合い、唇を啄み合って互いへの愛情を伝え合う。

「おれの勝手をいつも許してくださって、本当にありがとうございます」

「お互い様だ」

嵐のような時間が過ぎると、遥はたちまちぶっきらぼうに戻る。

熱く燃えて佳人の体を蹂躙《じゅうりん》し、支配していたのが嘘のように、今は穏やかに落ち着いている。

「体が二つあれば、本気で秘書を辞めたくないんです」

「なら、ビジネスを俺に預けて、おまえはまた秘書業務に徹するか？」

それでも俺はかまわない、と遥に試すようなことを言われる。

それもありかと思ったのはほんの一瞬で、すぐに佳人はきっぱりと首を横に振った。

「魅力的な提案ではありますが、やっぱり、それだとおれは成長できない気がします」

佳人はゆっくりと、よく考えながら、真摯《しんし》に、そして本気で言った。

「遥さんは、いつまでも成長しないおれに、きっとそのうち飽きてくる。嫌いにはならないし、誓いどおり一生傍にいてくれるとは思いますが、おれはそれでは嫌なんです」

佳人はすっと深く息を吸い込み、遥の綺麗な黒い瞳を見据えた。

「一緒に成長していける関係になりたいんです。おれたちは、それ以外に変われるところがない。だから、やっぱり、このことでは遥さんに甘えません」

遥はしばらく黙って佳人の顔をジッと見つめ返していた。

心地よい緊迫感が二人を包み込んでいるのがわかる。

「ああ」

やがて遥は満ち足りた吐息と共に、すべてを包括して表現し、佳人の胸に他のどの言葉より雄弁に訴えかける、いつもの返事をくれたのだった。

季節は廻《めぐ》りきたりて

「遥《はるか》さん、明日の日曜日、何か予定がありますか？」

まだ昂奮《こうふん》の冷めやらぬ火照《ほて》った体を遥とくっつけたまま、佳人《よしと》は思い切って聞いてみた。体勢を変えた際、ベッドのスプリングが僅《わず》かに軋《きし》む。

佳人には遥と一緒に訪れたい場所がある。先々月、両親の命日に二人で墓参りに出掛けて以来ずっと考えていたことだ。

「べつに何もない」

それがどうした、と訝《いぶか》しみ、続きを促すように、遥は天井に顔を向けて仰臥《ぎょうが》したまま佳人を横目で窺《うかが》う。

枕元のナイトランプが遥の端整な顔に陰影をつけ、彫りの深さを一段とくっきりさせている。こめかみのあたりはまだうっすらと汗ばんでおり、先ほどまで佳人の中に遥の体の一部が挿《はい》り込み、猛々しく律動していたことを思い出す。

来月三十四になる遥は男盛りの真っ只中だ。日々鍛錬《たんれん》を欠かさない見事に引き締まった体を、張りと艶《つや》のある皮膚が覆っており、見るたび触れるたびに感嘆する。バネのようにしなやかでかつ強靭《きょうじん》な肉体で佳人を翻弄し、幾度となく高みに導くのだ。

愛しい男に抱かれ、乱されているのだと思うと、佳人の欲情は募り、抑えが利かなくなる。遥も「いいからもっと乱れてみせろ」と佳人を煽《あお》る。恥ずかしくてたまらないのに、そう言われると遥の望みどおりいっそう淫らに喘ぎ、なりふりかまわずあられもない姿を晒《さら》してしまう。

深々と抉《えぐ》られ、奥を激しく突き上げられ、狭い器官を掻き交ぜられるときの悦楽を反芻《はんすう》するたび、体の芯が痺れるように疼《うず》く。

今夜も淫猥《いんわい》で容赦のない行為を繰り返され、怺《こら》え切れずに嬌声《きょうせい》を上げ、遥の腹の下で悶《もだ》え泣いた。ところどころ意識を薄れさせながらも、どれほどはしたない振る舞いをしたのか覚えがある。

嵐の中で揉みくちゃにされるような行為から解放されたあと、こうして遥に寄り添い、穏やかな時を過ごす間が佳人はとても好きだ。満ち足りた心地で、何ものにも代え難《がた》い幸福感を味わう。

遥の横顔に見惚れ、厚みのある胸板に触れ、綺麗に筋肉のついた肩や二の腕に頬や額を擦り寄せていると、感情が昂《たかぶ》り、鼻の奥がツンとしてきさえする。自分のような男が、よくこんなめったにいそうもない男の心を摑めたものだと、信じられない思いがするのだ。

共に暮らし始めて二年以上が経つ。

最初はぎこちなかった二人の関係も、今では、あの頃はなぜあんなにも意地を張っていたのかと、我ながら呆れた気持ちになるくらいしっくりしてきた感があり、収まるべきところに落ち着いた気がする。

今年に入って佳人は、長らく知らされずにいた両親の死に関する真相と向き合う機会を得、自分なりに納得のいく形で決着をつけられて、また一つ精神的に楽になった。どんなに嘆いたところで死んだ人間は生き返らず、もっとああすればよかった、こうするべきだったのではといった後悔は尽きないが、真実を受け入れることで心に刺さっていた棘《とげ》が抜け、両親の身に何が起きたのかわからぬままあれこれ想像して苦しく思い悩むことからは解放された。

佳人は遥にも自分と同様に楽になってほしかった。血の繋がった近しい人間を悲惨な形で失っている点において二人の境遇には似たところがある。遥がそのことで胸の奥深くにいまだに鬱屈《うっくつ》とした感情を巣くわせ、持て余しているであろうことは想像に難《かた》くない。聞いても本人は決して認めないだろうが、佳人には遥の迷いや、長年噛みしめてきた苦い気持ちがいっこうに薄れていないことが察される。

どうすれば遥のためになるのか、佳人にもはっきりとした答えは見つからない。人の心は複雑だ。不用意に立ち入ってはいけない、という遠慮が常にある。それを承知の上でなお、佳人は行動する決意をした。

「そろそろまた弟さんのお墓参りをしませんか。車はおれが運転します」

弟、の一言に遥の頬がピクリと引き攣《つ》る。

目つきも心持ち険しくなった。

出会った頃なら間違いなく、よけいなお節介を焼くなと恐ろしい顔つきで睨みつけられていただろう。

以前と比べると今の遥は佳人に対して突っ張ったり構えたりすることが減り、ずいぶん穏やかで丸くなった。言葉遣いは相変わらず高飛車《たかびしゃ》でそっけないが、それはもう遥の性分のようなもので、一種の照れ隠しなのだ。ぶっきらぼうな中にも素直で率直な言動がしばしば垣間見《かいまみ》え、ぐっと理解しやすくなった。

断られるかもしれないと心積もりした上で誘ってみたのだが、遥は一瞬迷う素振りを見せはしたものの、悪い返事はしなかった。

「おまえがついてきてくれるなら行ってもいい。そろそろ俺も、茂樹《しげき》ともう一度向き合って心の整理をつけなきゃならない時期だと思っていた」

予想外にすんなり承知してくれ、逆に佳人のほうが戸惑うほどだった。

遥にも自覚はあったのだ。

佳人は少しばかり気負って張り詰めさせていた気持ちを軽くした。

弟との間にどんな確執《かくしつ》があったのか聞いているだけに、遥の心境を思いやると他人が割り込んでよいものか迷われ、これまで黙って様子を見ていることしかできずにいた。遥自身がそろそろと考えるようになっていたのなら、勇気を出して背中を押してみて正解だったのだ。

「よかった」

ホッとした気持ちが言葉になって零《こぼ》れる。

遥の目に何か言いたげな色が浮かんだが、遥はそれを口にはしなかった。

代わりに、ギシッとベッドを揺らして再び佳人の上に覆い被《かぶ》さってくる。

体重をかけて佳人を押さえ込んだ遥は、佳人の首筋に顔を埋め、肩や項《うなじ》に唇を這わせだした。

「あっ」

濡れた唇の感触にピクンと肌が震える。

「だ、だめ……遥さん」

佳人は喘ぐような息の下からいかにも弱々しく制止する。

「話はもうすんだんじゃないのか」

切って捨てるような調子で言われ、返事に詰まる。

遥はあっさり明日出掛けることを承知した。明日に備えて早めに寝ないと、とは思ったが、そんなセリフが遥に通用するはずもない。

「俺はまだ満足していない。おまえも一度じゃ足りてないだろう」

「でも……」

「ごちゃごちゃ言うな」

荒々しく口を塞がれ、佳人はあっと小さく声を立てたきり、抗《あらが》えなくなった。

こんなふうにして迫られると佳人は弱い。遥とのセックスは佳人に至福を味わわせてくれる。体力さえ続くなら一晩に何度されても嫌ではないし、自分も求めている。本気で拒絶できるはずがなかった。

慣れたように潜《もぐ》り込んできた舌で口腔を蹂躙《じゅうりん》される一方、胸の尖りを指で弄《いじ》られる。硬くなって膨《ふく》らんだ乳首は軽く触れられただけで敏感に反応し、ビリッと痺れるような快感を爪先まで走らせる。

まだ一度目の余韻をとどめたままの下腹部がじゅんと熱くなり、奥が疼いて窄《すぼ》まりを物欲しげにひくつかせてしまう。

ん، んっ、とあえかな声を洩らして絡んだ舌を自分からも妖《あや》しくくねらせ、熱心にキスに応えているうちに、陰茎が再び頭を擡《もた》げだす。

形を変え、勃起して硬くなり、力を帯びてきた陰茎を遥に摑み取られ、竿全体を扱《しご》かれる。遥の手の中でいっそう張り詰めた欲望はビクビクと脈打ち、剝《む》き出しになった先端の隘路《あいろ》をひくつかせる。

「あぁ、あ、や……っ」

嫌、と言いかけたが、小刻みなキスで口を塞がれ、叶わない。搦《から》め捕《と》られた舌を閃《ひらめ》かせ、淫猥な水音をさせるばかりだ。唇の端から飲み込み損ねた唾液が零れ、糸を引く。

「嘘つきめ」

なにが嫌だ、とゾクゾクするほど色香に満ちた声で揶揄《やゆ》され、耳朶《じだ》に熱い息をかけられる。

「……あぁ……」

官能を刺激されて全身に鳥肌がたち、佳人は悩ましさのあまり眉根を寄せた。

あさましい先走りの淫液が滲み出てきて遥の指を濡らしてしまう。竿を扱き先端を撫で回すだけでなく、袋まで揉みしだかれ、たまらず喉を反らせて顎を震わせる。

「これだけ洩らしておきながら、欲しがっているのは俺だけだと言い張るつもりじゃあるまいな」

「あ、あ、アアッ」

濡れた指を、呼吸に合わせて猥《みだ》りがわしく収縮し続けていた後孔に穿《うが》たれ、佳人は腰を撥《は》ねさせて喘いだ。

入り口の緻密な襞《ひだ》は奥から滴《したた》り落ちてきたものでぬめっており、二本の指を容易に呑み込む。

一度目に遥が佳人の中に注いだ欲情の証《あかし》だ。

長い指が深々と潜《もぐ》り込んできて、狭い器官を押し広げ、内壁を擦り立てる。佳人はあえかな声をいくつも上げ、身動《みじろ》ぎした。

「相変わらずすごい締めつけのよさだな」

中指と人差し指で佳人の中を掻き回し、ぐちゅぐちゅと淫猥な音をさせて抜き差ししながら、遥は揶揄するように言う。

男同士の行為に慣らされた佳人の肉体はちょっとした愛撫にも反応し、悦楽を貪婪《どんらん》に受けとめる。弱みのありかを心得た遥に巧みな性戯を施されると、ひとたまりもなかった。

「あっ、あ、あぁ」

快感の波が次から次へと襲い来る。

熱いものを呑み込まされたかのごとく体が燃え、刺激を受けるたびに痙攣《けいれん》する。

ときどき眩暈《めまい》がするほどの猛烈な悦楽に攫《さら》われ、何がなんだかわからなくなる。

佳人は怺え切れずに啜り泣きし、腕で顔を隠した。

自分が今いかに淫蕩《いんとう》な顔つきをしているのか想像すると、恥ずかしくて見られたくない気持ちが強く働く。

だが、遥は佳人の腕を取り払ってシーツに押さえつけ、「隠すな。今さらだ」と下半身を直撃する艶っぽい声で佳人の恥じらいを一蹴した。

「……遥さん」

佳人は潤んだ瞳で目の前に迫った精悍《せいかん》な美貌を見上げ、哀願する心地で名を呼んだ。

「なんだ。もう降参か」

精力を漲《みなぎ》らせて生き生きとした遥の顔を見ると、まだまだ当分許してもらえそうにない気がして兢々《きょうきょう》とする。好きな男に欲情されて嬉しくないと言えば嘘になるが、こんなに続けざまに責められては壊れてしまうのではないかという不安が頭を掠める。我を忘れて乱れる姿を見られるのは恥ずかしい。今さらだと失笑されるかもしれないが、潔《いさぎよ》くなれない。

「力を抜け、挿《い》れてやる」

遥はフッと唇の端を上げて恩着せがましく言うと、指を二本揃えて引き抜き、佳人の足をさらに大きく開かせた。腰を抱え上げ、膝を入れてシーツから浮かせたままにする。

瞳には征服欲や独占欲といった猛々しい雄の欲望が表れており、遥の醸《かも》し出す強烈な色香に佳人の心臓は息苦しさを感じるくらい鼓動を速めた。

「それとも、まだ指で弄ってほしいか。今度は三本いっぺんに挿れて広げてやろうか」

佳人をその気にさせておきながら遥はわざと焦《じ》らすような発言をする。

そんなことをしてもらうまでもなく佳人の秘部は十分解れ、潤っている。体は先ほどからずっと遥の屹立した雄を欲しがり、貫かれることを望んでいた。

「い、挿れて、ください。指じゃなくて遥さんの……」

羞恥を押しのけて頼む。

遥は意地悪く笑った。最初からそのつもりだったのだ。佳人から求めさせたくてわざと戯《ざ》れ言を挟んだにすぎないとわかっている。

「さっきは後ろからだったから、今度は前から突っ込んで、ここをたっぷり吸ってやる」

ここ、と遥は佳人の乳首をキュッと摘《つま》み上げ、指の腹で軽く磨り潰してみせる。

たまらない刺激が湧き起こり、喘ぐように悲鳴を洩らして仰け反った。

体からよけいな力が抜ける。

隙を逃さず猛った陰茎が慎ましく窄まった襞をこじ開け、いっきに押し入ってきた。

太く張り詰めて硬くなった剛直を奥深くまで銜《くわ》え込まされ、嬌声交じりの悲鳴が口を衝《つ》く。容赦なく突き上げられ、みっしりと埋め尽くされ、熱と脈動に脳髄が痺れてクラリとなる。

繋がっているのは互いの腰だけだが、あたかも遥のすべてを自分のものにしたような一体感を覚える。愛情が募り、泣きたくなるほどの歓喜に包まれた。

この感覚だけは、何度体を重ねようと、行為に及ぶたびに一から新しく感じられ、変わることがない。毎回、肉体の悦《よろこ》びと一緒に精神的な昂揚に見舞われ、遥を離したくないという気持ちが強くなる。

ゆっくりと腰を動かして抽挿《ちゅうそう》しながら、遥は佳人の胸に指と口を使い、佳人を忘我《ぼうが》の境地に連れていき、高みに昇らせる。

佳人はひっきりなしに喘ぎ、嬌声を放ち、乱れた。

そのうち羞恥にまみれつつも熱に浮かされたように「もっと」とより深い悦楽を求め、遥の首に腕を回して縋《すが》りつき、自分でも腰を揺すりだしていた。

抜き差しするスピードが増し、理性を保てなくなり、法悦《ほうえつ》にまみれる。

頭上で遥が気持ちよさそうに息をつくのを耳にするたび、悦びが大きくなる。

汗が雫《しずく》となって佳人の肌に落ちてきて、火照った体をなおのこと昂揚させた。

「アァアッ……！」

もうイク、だめ、などと口走り、快感に突き上げられて宙に投げ出されたような浮遊感を味わう。

一瞬意識が飛んでいたらしく、はっとして気を取り戻すと、遥の腰にしどけなく足を絡ませ、小刻みに胴震いしていた。

ぎゅっと力強く遥に抱き竦められる。

汗で湿った肌と肌とをぴったりと密着させ、互いの温もりと匂いを感じ合う。

腰の奥にはまだ遥が入り込んでいて、身動ぎすると生々しく存在を意識する。遥も達したらしいのは、圧迫感が減ったことから察せられた。

「もう、勘弁してください。これ以上は無理です。明日出掛けるなら、このへんにしておかないと」

まだ息が整わない中、途切れ途切れに訴える。このまま抜かずにもう一度挑まれるのではないかという気がして、弱音を吐いた。

「心配しなくても、俺はいつもどおり五時には目が覚める。ひとっ走りしてきたら叩き起こしてやるから、おまえはそれまで寝ていろ」

「でも、寝不足では運転が不安で……」

寝不足もだが、実はそれよりもっと腰のほうが心配だったのだが、さすがにあからさますぎてそうは言えなかった。

「運転は俺がする」

それすら遥は一蹴する。

喋《しゃべ》っている間にも遥は緩やかに腰を動かし続けており、徐々にまた陰茎が嵩《かさ》を増してくるのがわかった。

「は、遥さん」

「一週間ぶりだ。もっとさせろ」

こういうときの遥は強引だ。本気で嫌がれば力尽くで無理強いすることはないのだろうが、佳人もまたまんざらではないと知っているためか、遠慮がない。色気を振りまくような声を耳元で聞かされると、理性が蕩け、ぐずぐずに絆《ほだ》されて、抵抗できなくなる。

他の誰に抱かれたとしても、絶対にこんなふうにはならない。愛撫されれば無条件に反応するよう、嫌というほど仕込まれた体だが、心まで明け渡すのは遥に対してだけだ。それが佳人の矜《きょう》持《じ》である。

おとなしく落ち着いていた遥のものが三度佳人の中で大きくなり、内壁を押し広げる。

「おまえはじっとしていればいい」

抽挿を繰り返しながら唇を塞がれ、勃ったままの乳首まで弄られると、快楽に身を委《ゆだ》ねることしか考えられなくなってくる。

何度も何度も訪れる悦楽の波に揉まれ、惑乱させられるうち、遥を愛していること以外どうでもよくなった。

なりふりかまわず乱れ、遥に縋って腰を打ち振る。

普段は無口で、どちらかといえば不器用な部類に入るであろう遥が、体を繋いだ途端雄弁になる。

熱い想いがひしひしと伝わってきて、歓喜の涙が自然と湧いてくる。

遥と出会えてよかった。

こんなにも自分を愛してくれる相手は世界中どこを探してもきっといない。抱かれるたびに噛みしめる。

うっ、と遥が微《かす》かに呻《うめ》き、深々と佳人の中に己を収めたままぶるっと身震いする。

熱い迸《ほとばし》りを筒の中に浴びせられ、佳人も感極まって深い陶酔を味わった。

呼吸を荒げてわななく唇を奪われる。

遥もまた息を弾ませていて、吐息を絡めるようなキスを交わした。

*

遥の弟は都内の公共墓地に眠っている。

佳人が初めてここに来たのは、遥と暮らすようになって二ヶ月半ほど経った頃だ。

今考えると、遥はずいぶんな気まぐれを起こしたものだと思わざるを得ない。

当時の遥はとにかくぶっきらぼうで冷たく、今以上に口数が少なかった。返事をする代わりに鋭い眼差《まなざ》しで一瞥《いちべつ》されるだけとか、乱暴に一言二言吐き捨てられるのがせいぜいといった有り様で、まともな会話が成立することがめったにない時期だった。

遥と初めてじっくり話をした場所、遥が初めて佳人に腹を割って接してくれた場所、それがこの、黒澤《くろさわ》茂樹の墓の前だ。

そのしばらく前から佳人と遥の関係は誰の目にも明らかなくらいぎくしゃくしていた。縁あって遥の許に来て、やくざから受けた手酷い折檻《せっかん》の傷を癒やしてどうにか床《とこ》を外せるようになったのち一月ほどの間は、まだマシだった。少なくとも遥は佳人の目を見て短いながら受け答えをしていたし、声をかけてもくれた。

遥がそれすらしなくなり、あからさまに佳人を避けるようになったのは、月見台での一件があってからだ。

雰囲気に流された。

そう言ってそのまま何食わぬ顔をすればよかったのではないかと思うのだが、佳人が考えていた以上に遥は繊細で矜持が高く、男を相手に兆《きざ》した自分を許せなかったらしい。

佳人にしてみれば、香西組《こうざいぐみ》を裏切って死ぬような目に遭《あ》わされかけたところを、偶然居合わせた遥に一億という大金で身請《みう》けしてもらった恩があり、いつ遥に体を求められてもいい覚悟でいたものだから、口淫して遥を達かせるくらい、本当になんでもないことだった。むしろ、遥のためにできることならなんであれしたかったのだ。

満開の桜の下、空にかかった美しい月を眺めつつ一献《いっこん》傾けるという情緒たっぷりのひとときに酔い、その気になっていたのはむしろ佳人のほうだったかもしれない。

遥にはそれが屈辱であり、以降佳人と口を利くのも憚《はばか》るほど痛恨の出来事だったとは、考えてもみなかった。遥の複雑な心境に気づくことができず、冷たい態度をとられて佳人もずいぶん傷つき、落ち込んだものだ。

香西誠美《まさみ》と同じ形で佳人を縛りつけることに抵抗があった。そんなつもりで引き取ったわけじゃないと自分自身をひそかに戒《いまし》めてきたはずだった。にもかかわらず、風流を愉《たの》しむはずの席であんなふうにしてしまい、動揺して自己嫌悪に陥《おちい》り、佳人の顔をまともに見られなくなった――ずいぶん経ってから、遥にそう打ち明けられた。

ときどき斜に構えて酷薄《こくはく》な振る舞いをするが、本当は繊細で真っ直ぐな、要領の悪いところのある人なのではないかという印象は最初から抱いていた。恩義を受けた感謝の気持ちがいつのまに恋情に変わっていたのか、佳人自身定かでない。月見台で遥のものを口でしたときには、もう、普通以上の好意を抱いていた気がする。

遥の自宅に住まわされ、家事を手伝うだけの毎日を過ごしていた佳人を外に出し、社会人として働けるようにしてくれたのは、その件があった直後だ。遥にはいろいろと思うところがあったのだろう。二十七という働き盛りの男を家に閉じ込めておくことが、そろそろ気まずくなりだしていたようでもある。

黒澤運送での事故係の仕事はやりがいがあって日々に張り合いができ、上司にも恵まれてよかったものの、遥の態度は冷たくなる一方で、正直辛かった。同じ屋根の下に暮らしていながら、必要なとき以外口も利かない、利いても恐ろしくそっけなくされる。当時はなぜ遥の態度がこうも頑《かたく》なになってしまったのかわからなかったので、毎日苦しくてたまらなかった。いっそ、身請け金の一億を借金として背負い、家を出ていったほうがいいのではないかとすら考え、悩んだ。

遥に「出掛けるから来い」と久しぶりに声をかけられ、急なドライブに付き合わされたのはそんなときだ。

出がけには行く先も告げず、ただ車を運転させせられた。今も佳人がときどき乗っている小さめの国産車だ。新しく購入して、納車されたばかりのその車で、遥は死に別れてもなお不仲のままでいる弟、茂樹の墓を、納骨以来初めて佳人と訪れたのだ。

あれからおよそ二年。

佳人は再び遥とここに来た。

墓はその間誰の訪れもなかったことを示すかのごとく、少し荒れて、花はもとより線香の一本すら上げられた形跡もない。遥は三ヶ月に一度業者を雇い、墓の掃除を頼んでいる。おかげで草ボウボウにならずにすんでいるのがせめてもの救いだった。

以前来たとき同様、遥は墓地に着いたときにはまだ迷いの吹っ切れていない憂鬱《ゆううつ》そうな顔をしていたが、墓前に立つと腹を括《くく》ったようで、真正面から弟の魂と向き合う覚悟を決めた様子だった。

佳人は黙って遥の傍《かたわ》らに控え、静かに見守るだけにした。

遥と茂樹の間にあった確執は他人がおいそれと立ち入るのは憚られる、深くて暗く重いものだ。

幼い頃に両親から置き去りにされ、辛酸《しんさん》を嘗《な》めながら生きてきた兄弟。何事もなかったなら強い絆で結ばれた仲睦まじい関係になっていてもよかったはずだが、そうはいかなかった。

努力家で負けず嫌い、自立心も強かった遥は、苦労に苦労を重ね、自力で高校と大学を卒業し、会社を興《おこ》して今の生活を手に入れたという。

同じ血を分けた兄弟でも、茂樹は遥とは違い、意志の弱い人間だったようだ。顔立ちも精悍というよりは可愛らしい印象だったらしく、一時期身を寄せていた親戚宅で好色な叔父に性的な関係を強要されたことが、のちのちまで彼の心に深い痛手を負わせたのではないかと佳人は想像する。

物心ついたときから茂樹は遥だけを慕い、頼りにしてきたらしい。依存心の強さに、このまま社会に出たらまずいのではないかと遥も心配したそうだ。だから遥は心を鬼にして茂樹を叔父宅に残し、自分は一人暮らしを始めた。茂樹のためを思ってとった行動が裏目に出てしまったのだ。茂樹が高校を一年の半ばで勝手に中退し、素行の悪い連中の仲間に入り、遥に反抗的な態度をとるようになったのは、実のところ、もっと遥にかまってほしかったからではないだろうか。

当時は遥もまだ若く、未熟で、そんな弟の心の叫びに気づけなかった。大学時代、交際していた彼女を、弟の手引きで集まった連中に輪姦され、破局するしかなくなったとき、遥の怒りと憎しみ、そして失望は、最高潮に達したという。

遥に縁を切られた茂樹は、その後ますます自棄《やけ》になった。ついには仲間の女を寝取ったのなんのという理由で決闘を余儀なくされ、バイクによるチキンレースで事故を起こし、崖から転落して亡くなったのだ。

今から十三、四年前の話だそうだ。

遥は腰を落として線香を立て、マッチを擦って火をつけると、静かに目を閉じた。

佳人も遥に倣《なら》い手を合わせる。

「おまえには気を遣わせてばかりだな」

お参りをすませて駐車場に引き返す途中、遥が重い口を開いてぽつりと言った。

「俺なんかよりよほど苦しんだ過去を背負っているだろうに」

昔のことを思い出して感傷的な気分になったのか、遥はあらたまった調子で言葉にし、佳人の顔をじっと見る。

「過去の重みという意味でなら、俺と遥さんが抱えているものに差はない気がします」

佳人ははぐらかさずに神妙に答えた。その場凌《しの》ぎではなく、常に感じているとおりに言っただけだ。

「そうか」

遥は頷き、瞬きを一度した。

「おまえは相変わらず強いな。そんな細くて優しげな見かけをしていながら、俺なんかよりよほど芯がしっかりしている」

綺麗なだけの男ではないと一目見てわかったから興味を持った——いつだったか、遥はそんなふうに佳人を評したことがあった。それがふと脳裡《のうり》を過《よぎ》る。

「自分一人ならそう強くはないですよ」

佳人は遥の顔をしっかりと見つめ返してきっぱり言い切った。

「大切にしたい人や物があるときだけ我慢強くなれるし、最後まで諦めたくないと粘れるんだと思います」

「ああ。確かにそのとおりかもしれないな」

遥は佳人に視線を向けたまますっと目を眇《すが》め、眩《まぶ》しそうにする。

五月半ばの、気持ちよく晴れた日だ。駐車場の端に植えられた木々の下に行くと、緑の葉陰から木漏《こも》れ日が差してくる。まだ午前中だというのに少し暑いくらいだったが、風が吹くと涼しく、心地いい。このところ休日はずっと用事があって忙しかったのだが、今日は遥を誘ってここに来てよかったとあらためて思う。

どちらからともなく木陰で足を止め、しばらくこの場で語り合いたい雰囲気になる。

初めて茂樹の墓参りに来たときもそうだった。あのときじっくり話をすることができたから、その後、互いへの理解が深まったのは間違いない。今、自分たちがこうしていられるのは、胸襟《きょうきん》を開いて話す機会があったからこそだ。でなければ、佳人にとって遥はどこまでいっても難解で打ち解けにくい、一歩退いて接することしかできない存在だった気がする。

「もう二年以上経つんですね」

遥と出会ってから。そうきちんと言い添えるまでもなく遥は「ああ」と頷いた。どこか遠くを見ているような感慨深げな眼差しで、遥も佳人同様、過去を反芻《はんすう》しているのが察せられる。

「我ながら怖いもの知らずなまねをした。川口組《かわぐちぐみ》の大幹部、香西誠美が十年来入れ込んできたおまえという男を、札びら切って掻っ攫うなんぞ、辰雄《たつお》さんが仲介に入ってくれてなければ考えられない暴挙だ。一歩間違えば海の底に沈められていたかもな」

「おれもつくづく、自分は本当に運がよかったと思います」

どのみち香西は若い衆の手前、佳人を切り捨てて組の秩序を守らねばならないところまで追い込まれていた。捨てるなら買わせてくれと遥が申し出たときには、さぞかし驚き、面白くなかったことだろう。その場に自分より格上の東原《ひがしはら》辰雄が居合わせ、取り引きの証人になると言い出したものだから、渋々承服するはめになったようだ。そのときの遣《や》り取り自体は、佳人は知らない。すでに気を失っていたのだ。目覚めてみれば、遥の自宅の一室だった。

「おまえは本気で一度も俺を恨めしく感じなかったか？　無理やり俺のところに連れてこられて、自由を奪われたんだ。香西の次は俺か、と絶望しなかったか。この際だから正直に答えろ」

「絶望はしなかったです」

佳人は遥の家に来た当初を思い返しつつ、偽らざる心境を伝えた。

しかし、遥はその返事では納得がいかなかったらしく、渋面になってさらに絡んできた。

「嘘をつくな。おまえと暮らしだしたばかりの頃の俺は、無愛想で取っつきにくいだけの男だったはずだ。口を開けば命令ばかりする、傲慢《ごうまん》で高飛車な男だと辟易《へきえき》しただろう」

ただ否定しても遥は聞く耳を持たない気がして、佳人はどう答えるべきか思案した。

「どうなんでしょう。もしかしたら、やりにくいなぁくらいには思ったかもしれませんけど……」

本当は昨日のことのように当時をはっきり覚えているのだが、あえて曖昧《あいまい》にはぐらかす。

厳《いか》めしくて、凄むと極道顔負けの迫力があり、背筋が凍る思いをしたこともないとは言わないが、いつか必ず理解し合えるのではないかという希望をひそかに抱いていて、一緒にいることに苦痛は感じなかった。その一方で、遥の気持ちがわからなくて困惑し、歯痒かったのは事実だ。

だがそれは、裏を返せば、遥が好きなのに少しも近づけない苛立ちから来るものだったように思う。

「やりにくくて悪かったな」

正直に答えろと言うから答えたら、案の定遥はむすっとして機嫌を悪くする。もちろん本気で怒ったわけではないとわかるが、遥は意外と狭量《きょうりょう》なところがある。それも、佳人が絡むことに関してだけしばしば発揮されるようだ。いつだったか、遥の会社と取り引きのある山岡《やまおか》物産の三代目社長が、

「黒澤のやつ、ああ見えてものすごい焼きもちやきなんだよ。佳人くん、知ってた?」

などと軽口を叩いたことがあった。

遥が聞いたら街中で山岡にナンパされかけたときどころの騒ぎでなく怒りそうだし、佳人自身こそばゆいが、なんとなく頷ける気もする。

佳人は遥に、自分の庇護下《ひごか》にあるものに対してとことん愛情を注ぐ情の深さを感じる。

「おまえは俺のものだ」と傲岸《ごうがん》に言い放つ言葉の裏には、だから何があっても自分が守るのだという強い意思が存在するのだ。

お世辞にもわかりやすくて楽に付き合える相手とは言えないが、知れば知るほど佳人は遥を好きになる。年甲斐《がい》もなく拗《す》ねた様子を見せられると可愛いとさえ感じる。

「遥さんこそ、おれのことを強情っ張りで面倒くさい男だとうんざりしませんでしたか」

反対に佳人のほうから聞いてみると、遥は「べつに」と一言ですませた。こんなところは相変わらずだ。基本的に照れくさがりなのだと思う。

「今のでおれはなんとなく林檎《りんご》の一件を思い出しました」

「その話はするな」

間髪容《かんはつい》れずに遥は切って捨て、耳を塞ごうとする。

遥には苦い記憶なのだろう。心配した、の一言さえあれば佳人も納得できたはずなのに、なんの説明もせずただ横暴に佳人を事故係から外す結果となった事件の顚末《てんまつ》は、遥としても不本意だったのか、できれば忘れてしまいたいらしい。

林檎事件の頃と比べると、遥もずいぶん変わった。気持ちを言葉にして吐露することが増えた。

何を怒っているのか、何が気に入らなかったのか、以前は見当もつかずにあれこれ悩んだものだが、今はそんなことも少なくなり、助かっている。

同じことが佳人にも言えるかもしれない。佳人もまた遥と共に過ごす時間が長くなるに従い、妙な遠慮をすることなく感じたり思ったりしたまま行動できるようになったし、自らの意思を遥に訴えられるようにもなった。

「この二年間は、いろいろな出来事が次から次に襲ってきた濃すぎる日々でしたね。人は変わるものだなぁと今思ったんですけれど、おれたちの場合、変わるべくして変わった気がします」

普通なら生涯に一度起きるかどうかという事件に立て続けに見舞われたものだと、あらためて嘆息する。

「おまえは特に辛かったろう」

あえて感情を押し殺した調子で言ってから、遥は人目も憚らず佳人を引き寄せ、ぎゅっと強く抱きしめた。すぐ近くに駐まった車から墓参りに来た家族連れがちょうど降りてきたところだったので、すぐに身を離されたが、短くとも情の籠《こ》もった抱擁《ほうよう》に胸がじんわり温まる。慰めとも労《ねぎら》いともとれる言葉をかけられ、胸が張り裂けそうに苦しかったこと、心配のあまりどうにかなりそうなくらい気を揉んだことなどを思い出し、感情が昂って目頭が熱くなった。

「そうですね。遥さんの身にこれ以上何か起きたらおれは次こそ耐え切れないかもしれません。もうあんな気持ちを味わうのはたくさんです」

「ああ。悪かった」

「あ、いえ、べつに遥さんが謝ることじゃないです。すみません、おれ……つい」

「不可抗力の避け難い事件だったとしても、おまえによけいな気苦労をかけたのは事実だ。俺はそれが不本意で、自分の腑甲斐《ふがい》なさが腹立たしい」

「でも、おかげでいいこともありました」

遥がもし慚愧《ざんき》の念を感じているのなら、少しでも明るい話題を出して気持ちを軽くしてあげたくなり、佳人はにこやかな笑顔を向けて言った。

「執行《しぎょう》と知り合ったことか」

皆まで聞かずとも遥は佳人の言わんとするところを汲《く》み取る。佳人に関して遥が与《あずか》り知らぬことなどおよそないのではないかと思わせられる。常に気にかけてもらっているようで、面映ゆくも嬉しい。

「向こうに頼りっぱなしで、貴史《たかふみ》さんのほうはおれと関わったことを後悔しているかもしれませんけど。おれからしたら、唯一心を開ける友人です」

「俺には開いてくれていないのか」

「まさか」

冗談半分に絡まれているのだと承知していても、佳人は心外で目を見開いた。

「遥さんは……遥さんは、友人じゃありませんよ。友人以上です」

「つまり?」

トーンを抑えた低めの声がずんと下腹に響く。ここでこんな声を出すのは狡《ずる》い。佳人は官能を刺激されてほうっとあえかな吐息を洩らした。

「……遥さんは、おれの大切な人です」

恋人という言葉がどうしても恥ずかしくて口にできず、佳人は目元を羞恥に染めつつ精一杯答えた。これが夜の月見台で二人きりの状況だったなら、なんら気にすることなく言えただろう。しかし、木漏れ日の下に佇み、数メートル先では子供のはしゃぎ声がしている状況においては、さすがに躊躇《ためら》った。いざとなると腰が退けてしまって突き抜け切れないのが我ながら情けないところだ。根が堅物で、融通が利かないようだ。

「だったら前に誓ったとおり、この先何があっても俺を離すな」

「はい」

言われるまでもない。いささか図々しいかと思ったが、許される限り、佳人は遥の傍に居続けるつもりだ。

「俺もおまえを手放す気はない」

風がそよと吹き、突っ慳貪《つっけんどん》な早口で囁くように洩らされた遥の言葉を、佳人の耳元まで運んできてくれた。おかげではっきりと聞き取れた。ついでに髪を弄《もてあそ》ぶように揺らし、通り過ぎていく。

乱れかかった髪を払いのける振りをして頰に触れる。僅かな火照りを指先に感じ、佳人はそっと目を伏せた。遥の眼差しがじっと注がれているのを意識する。

ひたと見据えられ、気恥ずかしさにますます顔が赤くなる。

「もう、ここはいいんですか？」

黙ったままでは間が保《も》ちそうになく、佳人は思い切って遥を見つめ返し、確かめた。

「ああ」

茂樹のことになると遥は口が重くなる。

それは無理もない話で、今日誘いに乗って墓参りに来ただけでもちょっとした進歩ではないかと佳人は思う。啀《いが》み合っていた相手がある日突然事故死して、許し合わぬうちに逝《い》ってしまったら、置いていかれたほうはどこに気持ちをぶつけたらいいのかわからず、苦しむだろう。戸惑い、相手の死とどう向き合えばいいか迷い、悩むのは当然だ。佳人が両親の墓に手を合わせられて肩の荷が下りた心地になったのとはわけが違う。

「次はまた、遥さんが来たくなったとき、おれも一緒に参らせてください」

一足飛びに解決しようとする必要はないと思って、佳人は控えめに頼んだ。

「ああ」

同じ相槌《あいづち》が続いても、今度の「ああ」には幾分前向きな響きが感じられた。

茂樹に対する遥の気持ちは少しずつ動き始めている。そんな気がして、佳人は嬉しくなった。

よけいなお節介かもしれないと内心緊張していたのだが、誘ってよかったのだと思えて安堵《あんど》する。

「行くぞ」

先に立って歩きだした遥の背中を追って佳人も木陰を出た。

帰途もやはり遥が運転席で、佳人は助手席に収まった。

昨晩交わした約束どおり、ベッドで無理をさせる代わりに今日のドライブは遥がプライベートでいつも乗っている愛車を出し、ステアリングもずっと握ってくれている。どのみち、ポルシェ・ボクスターは運転歴の浅い佳人には手に余る車だ。

「疲れてませんか？」

念のために気遣ったが、遥は当たり前だと言わんばかりの顔で佳人をチラッと一瞥し、返事もせずに車を発進させた。

*

遥は運転中はラジオも音楽もめったに聴かない。エンジンの音に耳を澄ましながら黙々と車を転がすのを好む。そんなときの遥の横顔は機嫌が悪いというのとはまた違う感じで頑なで、やすやすと心を許してくれなそうな印象がある。

もしかすると、軽運送業を始めたばかりの苦しかった頃を思い出しているのかもしれないと佳人は推察し、邪魔になってはは申し訳ないので自分からは話しかけないよう心がけている。

会社を始めてから数年は寝る間を惜しんでがむしゃらに働いたそうだ。まず生き残るのに必死で、それ以外はすべて二の次。多少の無理はして当然だと考えて歯を食い縛り働き続けたという。

体力のある二十代前半から半ばにかけての話とはいえ、並大抵の努力ではなかっただろう。現に、佳人は遥自身の口から、それだけ身を粉《こ》にして働いても、当初はなかなか見通しが立たず、会社経営の難しさを思い知らされ、何度となく絶望しかけたと聞いている。

「俺が成功できたのはたまたまだ。運がよかったの一言に尽きる」

不意に遥が独り言とも取れる低めた語調でそう言った。

遥の昔の心境に思いを馳《は》せている真っ最中だった佳人は、あたかも自分自身の口を衝いて出た言葉のように感じてはっとなった。

「なんだ。おまえも同じようなことを考えていたのか」

佳人が小さく息を呑んだ気配を感じとったのか、さらに遥に鋭く胸の内を読まれ、敵《かな》わないなと溜息をつく。

「おかげでおまえを引き取れた」

一億という大金を遥は躊躇いもせずに支払ったのだ。まだそのときには一言も話したことがなかった、庭先で折檻されているところを見ただけの見ず知らずの男のために。尋常でない肝《きも》の据わりぶりだ。もしくは単に何も考えない道楽者か。むろん、遥は前者である。

「そうやって過去を振り返ってみれば、案外、無駄なことは何一つないのかもしれんな」

「そうでしょうか」

おそらく、そんなふうに考えられるのは何事にも耐えうる強靭な精神力を持っているからこそではないかと佳人には思える。

「おれは遥さんや東原さんみたいに強くも逞しくもないし、貴史さんのようになんでもこなせて柔軟《じゅうなん》な対応ができるわけでもないから、なかなかそんなふうには考えられません」

「おまえが臆病になるのはたぶん俺のせいだ」

遥は車をうどん屋の駐車場に乗り入れさせながら、顰《しか》めっ面《つら》で言う。

えっ、と佳人は訝しさに眉根を寄せた。

「俺にいろいろあるたびに肝を冷やしてくれたんだろう。俺だって立場が逆なら、そんな経験まで人生の糧《かて》にしなくていいと叫びたくなる」

確かに、と佳人も頷けた。

自分の身に降りかかった艱難《かんなん》ならいくらでも耐えてみせるが、大切な人に何かあったら生きた心地さえしなくなる。

「遥さん」

もしまた遥が誰かに捕まり、酷い目に遭わされたなら。やむを得ない事情で離れ離れにならなくてはいけなくなってしまったら。

想像しただけで背筋がゾッと凍りつく。エンジンを切って静かになった車内で、佳人はシートから背中を起こし、運転席の遥の体に取り組った。

「なんだ」

遥がまんざらでもなさそうに含み笑いして佳人の肩に腕を回す。

間近から顔を覗き込まれ、恥ずかしさが込み上げた。覚束なげに睫毛《まつげ》を揺らして何度か瞬きすると、遥はいっそう笑みを深くした。

「こんなところで誘うつもりか」

「ち、違います……！」

「違わない」

遥は佳人の否定を無視して小気味よさげに唇の端を上げると、押しつけるようにして口を重ねてきた。

「だめ」

「昨夜もさんざんしたのに、おまえが横にいるといくらでもできそうな気になる」

「だ、だめ……だめですって」

あろうことか、うどん屋の駐車場でジーンズを穿《は》いた股間に手を伸ばされ、佳人は慌てて周囲を見渡した。

ちょうどお昼時で、先ほどから人や車が頻繁《ひんぱん》に出入りしている。うっかり通りすがりに車の中を覗かれでもしたなら、男同士で何をしているのかと怪しまれるだろう。

ストイックに見える遥だが、実際は驚くほど欲望に素直で、綺麗な顔に似合わずあからさまで品のない発言をしばしば平気でする。そうした飾り気のなさ、気取ったところのなさもまた遥の魅力の一つだが、佳人はときどきどう応じればいいのか困ることがある。

佳人を救ったのは、突然鳴り始めた遥の携帯電話の着信音だった。

チッと軽く舌打ちして二つ折りの携帯電話を開いた遥は、着信表示を見て眉間の皺《しわ》を消し、「辰雄さんですか」と電話に出た。

東原からだ。

思わず佳人は聞き耳を立てる。これから遥をどこかに呼びつけて会おうというのかもしれない。東原の遥贔屓《びいき》は筋金入りだ。過去に二人が寝ていたとしても驚かない。貴史ですら妬《や》いたことがあるらしい。佳人自身は勘で二人の仲は親密すぎる友情を超えていないと思っているが、それでもまったく気にならないとは突っ張り切れない。

「ええ、まぁ、このあと特に予定はありませんから、お伺いできますよ。今いる場所からだと二十分もあれば着きます」

どうやら遥はこれからすぐ東原に会いに行くらしい。

「それじゃ、またあとで」

通話を終えた遥は、止めたばかりのエンジンを再びかけ、外していたシートベルトを締め直した。うどんの昼食は取りやめになったようだ。

「おれは適当に帰りますから、どこか近くの駅で落としてください」

幹線道路を走りだしたところで佳人が先回りして言うと、遥はそっけなく、

「おまえも一緒だ」

と返してきた。

「向こうに執行もいるそうだ。久しぶりに四人でうまい豆腐料理を食わないかと誘ってもらった」

「貴史さんもですか」

それは嬉しい顔合わせだ。

東原にも貴史にもここしばらく会っていない。殊に、貴史とは先月渋谷《しぶや》で会って舞台を観て以来で、また機会があればと電話で話すたびにお互い言い合っていた。あれからもう一月以上経つ。

向かった先は芝公園《しばこうえん》の一角にある老舗《しにせ》の豆腐料理店だ。見事な日本庭園も店の自慢の一つで、食事の前後に散策している客の姿が結構見られる。

案内された個室に入ると、

「よう。元気にしてたか」

と東原が快活に声をかけてきた。

掘り炬燵《ごたつ》式のテーブル席で、東原の横に貴史がいる。

「またちょっとご無沙汰してましたが、辰雄さんもお変わりなさそうで安心しました」

遥が東原と挨拶《あいさつ》を交わす傍ら、佳人は貴史の前の席に着き、

「お久しぶりですね」

と笑いかけた。

貴史も爽《さわ》やかな笑顔を返す。

「本当に。僕らはだめですね。お互い遠慮しがちで強引に出られないものだから、毎度毎度会おう会おうと言いつつ、めったに機会を作れない。これからは年上の僕がもっと積極的になることにしますよ」

弁護士をしている貴史は佳人より二つ年上だ。年齢的には二歳しか違わないが、社会経験の豊かさや趣味の幅広さ、穏やかで落ち着き払った雰囲気などが佳人の敬愛の念を掻き立て、感覚的には三つか四つ離れている気さえする。

東日本最大規模の広域指定暴力団、川口組のナンバー2である東原が惚れるのもわかる大胆さと繊細さを併《あわ》せ持った、賢く情の深い人だ。縁あって友だち付き合いをさせてもらえていることを佳人は光栄に感じている。

川口組にはいわゆる直参と称する下部組織が三十いくつかあり、東原率いる東雲会《しののめかい》、香西率いる香西組はそこに属する。直参の組長たちは川口組の大幹部に名を連ねる存在だ。

東原は香西より一回り近く年下だが、組内での序列は東原のほうが上で、東原の口添えや意向は香西にとって無下《むげ》にできないものだ。佳人が遥に身請けされた背景にはそうした事情が働いている。東原が組と無関係の遥に性愛を抜きにして入れ込んでいるのは周知の事実だ。警察関係者ももちろん把握している。そのため、遥のところには足繁《あししげ》く四課の刑事たちが探りを入れに来る。東原のような大物やくざすら参らせる遥の魅力は半端ではないのだ。佳人が惹かれたのも無理からぬことだったのではないだろうか。

そういう佳人も、事情通の間では香西を十年間骨抜きにしていた男の愛人として知られていた。そんな大仰《おおぎょう》なものではないと佳人自身は困惑するが、十七で父親の会社の倒産による借金をどうにかしてもらうために香西に身を売って以来、二十七というささかトウの立った年齢になっても完全に囲われた愛人生活をしていたのは事実だ。二十七になるまで一度も働いた経験がないと、正直に事故係をしていたときの上司に告げると、目を丸くして珍しがられた。心身共に問題なく、病気などのせいとは思えなかったからだろう。

香西邸で過ごした十年間はあまり思い返したくない。来る日も来る日も、昼夜を問わず香西の気が向いたときに呼ばれ、ところかまわず組み敷かれ、淫らに喘がされる生活だった。その一方で、高校の残り一年から大学院まで学費の面倒を見てもらい、衣食住でも分不相応な贅沢《ぜいたく》をさせてもらった。

佳人はいまだに香西に対してどんな感情を持って接すればいいのか定め切れずにいる。恨むだけではない、憎むだけでもない。なんらかの情は確かに感じていた。感謝の念も大きい。そんなふうにとても複雑だ。

一つだけ確信しているのは、香西との関係はあくまでも佳人の果たすべき役目であって、それ以上の気持ちは芽生えなかったということだ。遥に対して抱いた恋情は、香西にはついに抱けなかった。

体を弄ばれるだけの明日の見えない生活を送っていた頃に比べれば、遥の許に来てからは生きている実感を常に感じられて、日々の生活に張り合いがある。誰かのために何かできることが佳人には嬉しい。どんな些末なことでもいいので、人の役に立ちたいと思う。遥のために食事を作り、掃除や洗濯をして帰りを待っていたときも尽くせる悦びがあった。秘書として遥の仕事を手伝わせてもらっている現在も根本は変わらない。

遥という恋人がいて、貴史というなんでも相談できる友人がいて、東原のような、ちょっと怖いが頼もしい知り合いもいる。

あとはこの幸せが今後も末永く続くことを願うのみだ。

佳人はあらためて貴史の端整な顔を見つめ、深々と頷いた。

「じゃあ、近いうちにまた会って、二人きりでしかできない話をしましょう」

「いいですね」

貴史がすぐさま賛同すると、横から東原が聞き捨てならないと言わんばかりに割り込んできた。

「何をごちゃごちゃ密談しているんだ、おまえたちは」

「気をつけたほうがいいですよ、辰雄さん。この二人はそのうちなるようになってもおかしくないほど仲がいい」

早くも冷房を効かせて低めに保たれた室温に寒気を感じるのか、無造作に捲《まく》っていたシャツの袖を戻しつつ、遥が東原によけいな注進をする。

「なんだとっ。本気か、貴史？」

遥に気がある素振りをあちこちで見せながらも、実のところ東原は貴史一筋だ。貴史にはそれがどうしても信じられず、納得できなくて長いこと悩んでいたようだが、傍から見れば一目瞭《いちもくりょう》然《ぜん》で、これが恋をしている当事者と冷静な目を持つ第三者の感覚の違いなのかと考えさせられた。

そんな貴史と東原も、昨年末あたりにようやく互いの気持ちを率直に認め合ったらしく、微笑ましいほど仲睦まじさが伝わってくる。

本気か、と人前で貴史を追及するなど、以前の東原からは考えられなかった言動だ。誰よりも貴史を想っているようなのに、東原は口を開けば冷淡に貴史のことなどどうでもよさそうにばかり言い、気まぐれで抱いているだけだというスタンスを決して崩そうとしなかった。

いったいどういう心境の変化があったのか気になるところではあるが、貴史から何も言ってこない限り、立ち入るのは控えている。

「僕が本気になったとしても、佳人さんが僕なんか相手にしてくれませんよ。遥さんと張り合うつもりもないですしね。そんな恐ろしいこと、考えたくもない」

「執行、辰雄さんと一緒にいるおまえが俺を怖いというのは、何か間違っているんじゃないか。納得できんな」

「佳人さんに対してだけは、遥さん以上に恐るべき相手はいないという意味です」

「遥さんは、そこまで怖くないですよ」

佳人が黙っていられずに口を挟むと、東原と貴史は同時に笑いだした。

「そりゃそうだろうよ」

「そうでしょうね」

遥は腕組みし、むすっとした顔つきでそっぽを向いている。

すぐに場が笑いで和《なご》むのは、平穏で、皆が皆それぞれに満たされた生活を送れているからこそだと佳人は思う。

できることならこのまま何もなく過ごせたらいい。

だが、佳人の慎ましやかな願いは、ふと真剣に表情を引き締めた遥の言葉で、いっきに暗雲に包まれた。

「そういえば辰雄さん。相変わらずボディガードがしっかり張りついているようですが、もしかして組のほうで何か起きそうなんですか。さっき庭先でも二人見かけましたよ」

この個室のすぐ外には厳めしい顔をした男が二人、見張り番についている。食事を運ぶスタッフの女性が扉を開けるたび、立っているのが目に入る。

「今のところは何もない。ありゃあくまで予防線だ。タマを取られたあとで騒いでも後の祭りだってんで、叔父貴たちがうるさくてな」

「タマを取るって……まさか東原さん、命を狙われる可能性があるんですか?」

貴史も何も知らされていないようで、みるみる顔を曇らせる。

佳人も自然と不安な顔つきをしていたのだろう。

「いい加減にしろよ、てめぇら。せっかくの席を辛気《しんき》くさくしやがって。おい、遥、おまえのせいだ。飲め」

東原が遥に無理やり杯を取らせ、なみなみと冷酒を満たす。

「帰りの運転はおれがしますから」

佳人は遥に酒を飲むよう勧め、自分の杯は傍らに伏せて置いた。

東原のことは心配だが、本人がこの話には触れられたくなさそうにしている以上、このまま流すしかない。

心の中で無事を祈るのみだ。

豆腐尽くしの懐石料理は美味しく、四人で交わす遠慮会釈《えしゃく》もない会話で場は賑《にぎ》わった。

貴史もよく食べ、よく話し、普段より酒量も多めだった。

本音は東原の置かれている状況が心配でならなかったのではないかと思うのだが、貴史に対してもその件で今すぐ佳人にできることはなさそうだった。

*

「帰り際、執行と何かこそこそ話していただろう。なんの話だ」

佳人が注意深く走らせる車の助手席に乗った遥が、わざとのように顰めっ面をして追及してきた。半ば焼きもち、半ばからかっているようだ。

「来週さっそく二人で会いましょうって、あの場で約束したんです」

隠す必要もなく、佳人は正直に教えた。

「ほう。それで、おまえは執行を相手に上下どっちになるつもりなんだ？」

「さぁ」

この際だったので佳人も冗談めかしてにっこり笑ってみせ、今度ははぐらかした。

貴史と佳人がそんな関係になるはずがないことくらい、遥は百も承知のはずだ。佳人は遥を裏切る気はない。反対に、もし遥が他の誰かと寝たとしたら、果たして平静でいられるかどうかわからない。自信はなかった。

酒が入ると遥も佳人と同じくらい性欲が強まるらしく、佳人の顔を見た遥の表情が欲情を刺激された男のそれになる。

この分では今夜も帰ってからすぐ押し倒されかねないなと覚悟し、それもやぶさかでないとこっそり思っていたら、交差点の少し手前で突如として遥が、「左折しろ」と命令してきた。

慌ててウインカーを出して曲がる。

電柱に取りつけられた広告を見て、一キロ先にホテルがあるのを知る。

まさかと思ったが、案の定遥は建物の傍まで来たとき、「入れ」と言った。

「二、三時間休憩して帰るぞ」

まだ午後三時過ぎだが、駐車場には他にも車が何台も駐まっていた。

佳人がサイドブレーキをかけたのを見計らい、遥はシートベルトを外した。

降りろ、と佳人に顎をしゃくってくる。

「おまえの運転ではやっぱり心許ない。酒が醒《さ》めるまで休んで、俺が運転する」

珍しく言い訳するのは、昨日もさんざんしたのに今日も昼間からその気になったというのでは、あまりにも無節操すぎて格好がつかないと思ったからだろうか。

べつにいつものとおり黙って部屋に連れ込んで押し倒せばいいのに、と佳人はおかしくなった。

こんなふうに妙に不器用なところのある遥が好きだ。愛しくてたまらない。

「たまには俺が上になってもいいですか。目先が変わって新鮮かもしれないですよ？」

貴史とのことを揶揄されたときの発言を逆手にとって言うと、遥は一瞬目を瞠《みは》り、虚を衝かれた顔をしたものの、すぐにニヤッと余裕たっぷりに嗤《わら》った。

「やれるものならやってみろ。俺はべつにどっちでもいい」

口ではそんなふうにものわかりのいいセリフを吐きながら、本心は「させるものか」と思っているのがわかる。

ちょっと悔しい気もしたが、実際のところ佳人は遥に抱かれるのが好きだ。抱かれて遥を身の内に感じるとき、最高に昂揚する。

これからもそれでいいと思った。

あとがき

情熱シリーズ第二部二巻目をお届けいたします。

前作にあたります「さやかな絆 ‐花信風‐」を執筆したときから、佳人はこれから先の自分の人生をどんなふうにしたいんだろう、という思いが私の中で湧いてきました。遥さんの秘書として今後もずっとシャキシャキ働く佳人、それも十分アリだという気はしたのですが、佳人が持って生まれた血はもっとこう、見かけによらず猛々しいように思えて、もしも何かしたいことができたなら、真っ直ぐそれに向かって努力するんじゃないかなと考え始めました。

本著はそうした佳人に焦点を当てた作品です。

どうかお楽しみいただけますと幸いです。よかったら感想もお聞かせくださいませ。

同時収録作は情熱シリーズ復活記念に小説ｂ‐Ｂｏｙに掲載していただいたものです。こちらは未読の方のためのキャラクター紹介とこれまでのストーリー紹介を兼ねた作品になるよう執筆しました。

イラストは引き続き円陣闇丸先生に描いていただいております。いつも美麗なイラストをありがとうございます。

それでは皆様、次巻もまたどうぞよろしくお願いいたします。

遠野春日拝

◆初出一覧◆

たゆまぬ絆 －涼風－　／書き下ろし

季節は廻《めぐ》りきたりて　／小説b-Boy（'12年9月号）掲載

ビーボーイノベルズをお買い上げいただきありがとうございます。この本を読んでのご意見・ご感想をお待ちしております。

〒162-0825 東京都新宿区神楽坂6-46
ローベル神楽坂ビル4階
リブレ出版㈱内 編集部

リブレ出版WEBサイトでアンケートを受け付けております。
サイトにアクセスし、TOPページの「アンケート」から該当アンケートを選択してください。
ご協力をお待ちしております。

リブレ出版WEBサイト http://www.libre-pub.co.jp

BBN B●BOY NOVELS

たゆまぬ絆 ―涼風―

2013年7月20日 第1刷発行

著者――遠野春日

発行者――太田歳子
発行所――株式会社リブレ出版
〒162-0825
東京都新宿区神楽坂6-46ローベル神楽坂ビル
営業 電話03(3235)7405 FAX03(3235)0342
編集 電話03(3235)0317
印刷所――株式会社光邦

Printed in Japan
ISBN 978-4-7997-1337-2